문제는 타이밍이야!

문제는 타이밍이야!

정해윤 지음

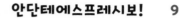

차례

안단테에스프레시보!

할머니가 가출을 했다. 아예 작정하고 집을 나간 거다. 그런데 그 이유가 좀 고약하다. 바로 자신의 사랑을 위해서, 그러니까 느지막이 찾아온 자신의 사랑을 지키기 위해서 가출이라는 극단적인 선택을 한 것이다.

아빠가 긴급 가족회의를 소집했다.

"늘그막에 망령이 나도 분수가 있지!"

"그러게, 엄마가 웬일이래요?"

막내고모가 예쁜 얼굴을 찡그렸다.

"빌어먹을, 이게 다 춤바람 때문이야."

아빠가 엄마를 노려봤다.

"이럴 줄 알았나, 뭐."

엄마는 의외로 무사태평했다. 할머니가 춤바람이 나고 사랑
에 빠진 것은 엄마 때문이다. 아니 이렇게 말하면 좀 엄마는 억
울할 거다. 엄마는 날마다 하릴없이 시간을 보내고 있는 할머
니를 위해 댄스스포츠 학원에 등록시킨 죄 밖에 없으니까. 춤
바람이 난 것도, 일생일대의 사람을 만나 사랑에 빠진 것도 할
머니 자신이다. 누가 그런 일을 대신해 줄 수 있겠는가. 그런데
세상 모든 일에는 작용과 반작용, 그리고 반드시는 아니지만
간혹 부작용이 생길 수 있는 모양이다.

"그나저나 오빠는 그 양반 알아요?"

어쩔 수 없다. 아빠 앞에서 속내를 드러내지 않으려고 애를
썼건만, "막내고모, 알렉스 킴 할아버지 완전 멋져." 할아버지
이야기가 나오자 나도 모르게 막내고모 귀에 대고 속삭였다.
내 숨소리가 귓바퀴를 건드렸는지 막내고모는 자신의 본분을
잃고 '이힛' 하며 나오는 웃음소리에 입술을 깨물었다.

"진짜, 멋져?"

"멋지기는 개뿔, 소문난 바람둥이 주제에."

아빠 말에 부인할 생각은 없다. 알렉스 킴 할아버지는 여자
친구가 많기로 소문난 분이다. 근데 그게 뭐 어떻다는 말인가?
잘나고 멋있으면 남자친구가, 아니 여자친구가 많은 게 당연
하지. 나만 해도 그렇다. 내가 예뻐서 남자친구가 많은 걸 두
고 발레학원 친구들은 찰거머리 백여시라고 속닥댄다.

"노인네가 얌전히 춤이나 출 것이지."

아빠가 쐐기를 박았다.

"너무 그러지 마라, 엄마도 여자야."

이번에는 큰고모가 의외의 한마디를 했다.

"누나는 징그럽게, 엄마가 무슨 여자야!"

아빠가 얼굴을 확 구겼다. 더 이상은 위험했다. 나는 내 입을 막을 자신이 없어 하품을 하는 척 일어섰다. 막내고모는 앞에 있는 물을 쭉 마셨다. 그러고는 기다렸다는 듯이 내 뒤를 따라왔다.

"수민아, 할머니 파트너가 그렇게 멋져?"

방문이 닫히자마자 막내고모가 나를 방바닥에 주저앉혔다.

"두말하면 잔소리라니까. 그리고 알렉스 킴 할아버지야."

"알렉스 키~임! 진짜 바람둥인가 보네."

"그게 아니라니까. 그 할아버지 완전 잘 생기고, 매너까지 좋아서 인기 짱이야. 할머니들이 할아버지랑 춤추려고 난리라니까."

"바람둥이 맞네!"

"인기 많은 거랑 바람둥이가 무슨 상관이야?"

"네가 어려서 뭘 잘 모르나본데, 바람둥이의 제일 큰 문제는 자기가 멋있다는 걸 알고 있다는 거야."

"그야, 뭐……."

막내고모가 잠시 흔들렸던 마음을 무 자르듯이 잘라냈다. 그러더니 더 들을 것도 없다는 듯 내 방에서 나가버렸다. 나는 어, 이게 아닌데 싶었지만 이미 때는 늦었다.

할머니의 사랑은 라틴댄스와 함께 시작됐다.

"수민아, 가슴이 벌렁벌렁해서 죽을 거 같아."

댄스학원에 다녀온 첫날, 할머니는 몹시 들떠 있었다. 몸에 밴 침착함을 잃고 소녀처럼 설레어 했다. 나는 그런 할머니가 좀 낯설었다.

"그렇게 좋아?"

"이 기막힌 세계를 왜 진즉 몰랐을까……."

처음엔 다 그런다. 나도 발레를 시작했을 때 그랬다. 그건 뭐랄까, 사랑의 속삭임과 비슷한 거다. 나는 그때 밤마다 꿈을 꾸었다. 앙증맞은 토슈즈를 신고 땅을 박차면 어느새 몸은 하늘을 날아올랐다. 물론 하얀 발레복을 입고 백조처럼 우아하게 말이다. 하지만 지금은 슬슬 지겨워지고 있다. 그래서 그런지 요즘은 높이 날다가 떨어지는 꿈을 더 자주 꾼다.

어쨌든 할머니는 라틴댄스에 깊이 빠져 들기 시작했다. 라틴음악의 정열적이고 관능적인 선율이 밤낮을 가리지 않고 방안을 채웠다. 풍부한 상상력이야말로 모든 예술의 원동력이라는 것이었다. 할머니의 춤사위가 나아질수록 음악의 밀도 또한 높아지고 깊어갔다. 노래의 음색이 짙어질수록 할머니 눈빛 또한 아련해졌다. 가끔 잠 못 이루고 뒤척이는 밤이 생겨났다. 거기에 간간히 달콤한 한숨이 섞여 들었다. 수상했다.

"할머니, 남자친구 생겼지?"

"어머, 망측하게 남자친구는 무슨……."

"촉이 촉촉, 필이 꽉꽉 꽂히는데 그럴 거야?"

시치미를 뚝 떼고 있던 할머니 얼굴에 금세 배시시 웃음꽃이 피어올랐다. 할머니 반응이 이 정도라면 그 다음은 식은 죽 먹기다.

"누구야? 잘 생겼어? 키는 커?"

"으응, 알렉스 킴이라고……."

아, 그 할아버지라면 나도 안다. 내가 발레반의 프리마돈나라면 그 할아버지는 라틴댄스반의 프리모우오모였다. 하지만 학원 안팎으로 바람둥이라는 뒷말이 무성했다. 그런데 또 이상한 건 할머니들의 반응이었다. 뒷말은 뒷말이고 서로 할아버지의 파트너가 되려고 애를 쓰거나, 데이트를 하기 위해 신경전이 대단했다.

"수민아, 그 사람 진짜 바람둥이면 어쩌지?"

할머니도 그 사실을 모를 리 없었다. 어느새 할머니 얼굴에 수심이 가득했다.

"할머니, 나 봐요 나. 발레반 애들이 찰거머리 백여시라고 하

지만 내 마음은 오직 찬영이 뿐이잖아. 인기 많은 게 내 탓은
아니라니까요."

"그건 그러네……."

나는 일단 그렇게 할머니를 안심시켰다. 그새 또 할머니가
배시시 웃었다. 재채기와 사랑은 숨길 수 없다는 말이 틀린 말
이 아니었다.

할머니의 사랑은 운명처럼 그렇게 찾아왔다.

할머니의 사랑이 무르익어 갔다. 아, 그때 할머니가 핸드폰
을 끄지만 않았어도, 혹은 내가 그렇게 아프지만 않았어도 일
이 이렇게 꼬이지는 않았을 거다. 내 지독한 생리통이 할머니
사랑에 걸림돌이 될 줄 그땐 진정 몰랐다. 왜 그런 날이 있지
않은가! 무심코 했던 행동이 사건의 단초가 되기도 하고, 혹은
풀기 어려운 문제를 여는 열쇠가 되기도 하는 그런 날 말이다.
그날이 그랬다. 아무런 낌새도 없이 지나가던 평소의 생리통
과 달리 웬일인지 그날은 너무 심했다. 허리가 끊어질 듯 아팠
다. 연습 시간이 한참 남았지만 아빠에게 전화를 걸었다. 마침
퇴근 시간과 맞물려 아빠는 학원 앞으로 바로 오겠다고 했다.
나는 아픈 배를 잡고 밖으로 나왔다. 그런데 아빠 차가 발레
학원 앞이 아니라 한참 떨어진 카페 앞에 멈춰 있었다. 나는 울
컥 솟는 짜증을 꾹 눌러 참았다. 그리고 최대한 큰소리로 아빠

를 불렀다. 하지만 아빠는 등을 보인 채 꼼짝도 하지 않았다. 카페 앞에 다다랐을 때 아빠는 카페 안을 뚫어져라 응시하고 있었다. 뭔가에 홀린 사람 같았다. 짜증이 잔뜩 묻은 내 목소리도 못 들은 눈치였다. 순간 나는 호기심이 발동했다. 잠시 통증도 잊은 채 슬그머니 아빠 옆으로 갔다. 초저녁 카페는 불빛이 휘황했다. 거기에 할머니와 알렉스 킴 할아버지가 이마를 맞대고 있었다. 마침 할아버지가 시나몬 패스트리를 할머니에게 건네는 중이었고 할머니가 수줍게 빵 한 조각을 베어 물고 있었다. 바삭해 보이는 빵은 사랑의 밀어처럼 달콤할 것 같았다. 나는 아빠를 힐끗 쳐다봤다. 아빠 얼굴이 붉으락푸르락했다. 당장에라도 유리창을 뚫고 들어갈 것처럼 주먹을 쥐락펴락했다. 나는 얼른 아빠 팔을 붙잡았다.

"아빠, 나 허리가 끊어질 것 같아."

사태를 짐작하고도 남았다. 나는 일부러 우는 소리를 했다. 아빠가 잡힌 팔을 홱 뿌리쳤다. 그러고는 뒤도 돌아보지 않고 뚜벅뚜벅 차를 향해 가버렸다. 운전석 문을 거칠게 열고 시동을 걸었다. 아빠는 시한폭탄을 끌어안은 것처럼 씩씩댔다. 폭발 직전의 뇌관은 건드리지 않는 게 상책이었다. 나는 아픈 허리를 구부린 채 조수석에 찌부러졌다.

"내려!"

아파트 입구에서 차를 멈춘 아빠가 깔끔하게 한마디 했다. 그러더니 약속을 깜빡했다면서 차를 돌려 아파트에서 멀어졌다. 휴, 그나마 다행이었다. 하지만 곧 후폭풍이 몰려올 것 같은 예감이 들었다.

시간이 점점 흐르고 있었다. 시계가 열한 시를 알린 지 한참이 지났다. 아빠도 할머니도 아직 들어오지 않고 있었다. 다행히 할머니가 먼저 들어왔다. 그리고 간발의 차로 아빠가 들어왔다.

"엄마, 불효자식 왔어요."

불콰한 얼굴로 아빠가 방문을 열었다. 단감 익은 냄새가 확 풍겼다. 아, 상황이 종료되려면 한참 걸릴 것 같았다. 난감했다. 아빠는 술을 좋아한다. 그런데 술주정도 예사로 한다. 아예 안 먹거나 고주망태가 될 때까지 마시는 경우가 되레 속 편하다. 그런 날은 그냥 쓰러져 잠이 들면 그만이다. 하지만 단감 냄새를 풍기는 날이면 상황이 점점 나빠진다. 할머니가 아무리 달래도 소용없다. 모든 게 지워진 기계처럼 이 말만 무한 반복한다.

"불쌍한 우리 엄마, 내가 커서 꼭 효도할게요."

이쯤 되면 내가 나서야 한다.

"아빠, 얼른 가서 주무셔."

"아빠 딸, 너는 모른다. 우리 엄마가 날 어떻게 키웠는지."

"안 입고, 안 먹고 키웠잖아."

"똑똑한 아빠 딸, 그걸 어떻게 알았냐?"

어떻게 알긴 어떻게 알았겠나. 사십 평생, 아니 십 사세 평생을 귀가 닳도록 들은 레퍼토리인데 말이다. 엄마는 그럴 때마다 그만 소리 집어치우고 지금 당장 효도하라고 아빠 등짝을 갈겼다.

"엄마, 노후 걱정 마요. 이 불효자식이 끝까지 책임질 테니까."

아빠는 늘 이 한마디를 남기고 엄마 손에 끌려 들어갔다. 물론, 당연히 아빠가 개과천선할 리 없다. 다음 날이면 아빠는 멀쩡한 얼굴로 딴청을 부렸다.

하지만 오늘은 아빠 태도가 180도 달랐다.

"엄마, 이제 와서 왜 이러세요. 젊은 나이에도 혼자 잘 지내셨잖아요!"

아빠가 방문을 꽝 닫고 돌아섰다. 나는 할머니 눈치를 살폈다. 들떠 있던 할머니가 한 방 먹은 얼굴을 했다. 얼른 상황 정리가 안 되는 눈치였다. 나는 초저녁에 있었던 일을 할머니에게 상세히 보고했다. 할머니는 골똘하게 생각할 뿐 별 말이 없었다. 나는 할머니의 첫 데이트가 몹시 궁금했지만 그만 자야 했다. 상황이 상황인지라 할머니에게 미주알고주알 말 붙일 엄두가 나지 않았다. 나는 일단 포기하고 이불 속으로 몸을 밀어 넣었다. 그러다 문득 이런 생각이 들었다. 아빠 마음속에는 덜 자란 아이가 살고 있는 게 틀림없다고. 아니면 어떻게 저럴 수 있겠는가? 말짱한 어른이 어떻게 한 순간에 저런 아이 같은 모습을 할 수가 있겠는가 말이다.

그날 밤 할머니와 나는 밤새 뒤척거렸다. 나는 지독한 생리통에 시달리고, 할머니는 시작부터 조짐이 심상치 않는 사랑 때문에 밤을 지새웠다. 다음날 아침부터 아빠가 의도적으로 눈을 내리깔았다. 더불어 입도 꾹 닫았다. 그리고 시도 때도 없이 화를 버럭버럭 냈다.

라틴댄스 발표회가 코앞으로 다가왔다.

나는 발레학원에 갈 때마다 알렉스 킴 할아버지에 관한 좋은 소문이 없을까 귀를 쫑긋 세우고 다녔다. 하지만 불행히도 그런 일은 없었다. 라틴댄스 발표회를 앞두고, 설상가상으로 이런저런 소문만 더 무성했다. 그러고 보니 할머니는 며칠 전부터 의상 준비로 분주했다. 지하상가를 샅샅이 뒤져 가슴이 푹 파인 빨간 드레스와 반짝이 스팽글, 색색이 비즈를 바리바리 들고 왔다. 한때 우리 할머니는 잘나가던 의상디자이너였단다. 물론 동네 의상실이라는 게 좀 그렇기는 하지만 말이다. 막내고모 말에 따르면 자기가 공부를 못했던 건 밤낮으로 옷을 배달하느라 시간이 모자랐기 때문이란다. 어느 날 막내고모는 깔깔

대면서 그 얘기를 했다. 그러면서 이 말도 빼놓지 않았다. '우리 엄마는 우리 삼남매 키우느라 등골 빠지게 일만 했어.' 그러면서 금방 훌쩍댔다. 어쨌든 할머니는 곧 솜씨 발휘를 했다. 드레스에 스팽글과 비즈를 한 땀, 한 땀 정성스럽게 붙여 나갔다. 마지막 스팽글을 붙이던 할머니가 문득 이렇게 중얼댔다.

"안단테에스프레시보!"

"안단테에스프레시보?"

내 눈이 확 커졌다. 할머니는 약간 부끄러운 듯 '너 거기 있었어?'했다. 아무튼 사랑에 빠지면 눈뜬장님이 되는 게 틀림없다. 할머니는 자신의 감정에 폭 빠져 옆에 있는 손녀딸도 알아채지 못하고 있었다.

"안단테에스프레시보~ 안단테에스프레시보!"

나는 입술 끝에 주문을 올려놓고 굴려보았다. 할머니는 주문의 뜻을 물은 내게 일급비밀이라고 했다. 주문의 속성상 발설하면 효력이 약해진다나 뭐라나. 그렇지만 나는 뻔히 짐작이 가고 남았다. 나는 실실 나오려는 웃음을 애써 참았다. 사랑에 빠진 당사자는 늘 진지하기 마련이니까. 그렇게 시간이 흐를수록 할머니의 사랑은 불타올랐고 아빠의 입은 댓 발이나 앞으로 나왔다. 나는 그런 할머니와 아빠 사이에서 꾼이 되어 갔다. 나무꾼, 사냥꾼, 짐꾼처럼 눈치꾼이 되어 갔다. 어느새 할머니도 나처럼 꾼이 되어 갔다. 할머니는 춤꾼과 핸드폰꾼이 동시에 됐다. 할머니 사랑의 메신저는 바로 춤과 핸드폰이었다. 특히 사랑의 수단으로 핸드폰을 애용했다. 아직 중독 수준은 아니었지만 그 경계를 아슬아슬 넘나들었다. 옆에 내가 있어도 별 신경 쓰지 않는 눈치였다. 핸드폰을 들여다보고 '풉' 하고 웃기도 하고, 통화를 하다 깔깔거리기도 했다. 거기에 간간히 한숨이 섞여 들기도 했다. 이 모든 증상은 무르익어 가는 사랑의 전형이었다.

어느새 빨간 드레스에 한 마리 나비가 내려앉았다. 나는 머리를 굴리기 시작했다. 아빠 때문에 골머리를 앓고 있는 할머니를 위해 머리를 굴려야만 했다. 용돈을 탈탈 털었지만 역시 좀 부족했다. 궁리에 궁리를 거듭했다. 하지만 역시 답은 아빠였다.

"아빠, 저번에 말한 토슈즈 값 주세요. 내일까지야."

나는 서슴없이 거짓말을 했다. 아빠가 늘상 하던 효도 타령을 내가 대신 하는 셈이니까, 뭐 이런 거짓말쯤은 괜찮았다.

"토슈즈?"

아빠가 부루퉁하게 말했다.

"그런 건 엄마한테 말해."

"에이, 아빠도 알잖아. 아마 일 년은 더 신으라고 할 걸."

아빠는 그거야 그렇지 했다.

"수민아, 할머니 발표회는 언제냐?"

아빠가 심드렁하게 물었다. 무관심을 가장한 관심이었다.

"아빠도 가게?"

"내가? 거길 왜!"

아빠가 소리를 빽 지르더니 소파에 벌렁 드러누워 버렸다. 그러면서도 선선히 돈을 줬다. 으이그, 바보 같은 아빠다. 아빠는 이 모든 상황을 모르쇠로 일관했다.

드디어 라틴댄스 발표회 날이 됐다. 나는 당연히 발레연습에 가지 않았다. 이유는 물론 할머니와 알렉스 킴 할아버지의 라틴댄스에 초대받았기 때문이다. 라틴댄스 발표회는 발레반 교실 아래층, 그러니까 무용학원 강당에서 했다. 한달음에 계단을 뛰어 내려갔다. 문을 열자 심장이 뛰는 듯한 반도네온과, 첼로의 가슴 저미는 듯한 음색이 어우러지고 있었다. 깊고 우아한 피아노 선율의 리베르탱고였다.

'고개를 들어 날 바라 봐, 오늘이 지나가기 전에'

말끔한 슈트 차림의 알렉스 킴 할아버지가 플로어 중앙으로 미끄러지듯 나왔다. 할아버지가 마루에 발을 두어 번 굴렀다. 할머니가 기다렸다는 듯 무릎을 곧게 펴고 허리를 빠르게 움직여 리듬을 타기 시작했다. 높게 치켜 올린 할아버지 손끝에 할머니의 시선이 머물렀다. 할아버지는 짧은 보폭으로 리드미컬

하게 할머니를 이끌었다. 할머니는 빨간 드레스에 내려앉은 나비만큼이나 열정적이었다. 할아버지 손끝에서 금방이라도 날아오를 듯했다. 각자 따로, 때로는 둘이서 함께 환상적인 호흡을 이뤄냈다. 박수가 쏟아졌다. 나는 미리 준비한 꽃다발을 알렉스 킴 할아버지에게 드렸다.

"사랑을 그대 품안에!"

내게서 받은 꽃다발을 할아버지가 할머니에게 안겼다. 한쪽 발을 뒤로 뺀 채 무릎을 꿇었다. 역시 라틴댄스의 프리모우오모다웠다. 사람들이 우우 함성을 보냈다. 간혹 질투어린 야유도 없지 않았다. 할머니가 얼굴에 웃음을 피워 올렸다. 지금까지 할머니가 저렇게 빛나 보이는 건 처음이었다. 그건 사랑에 빠진 여인이 만들어내는 달콤함이었다. 아름다운 밤이었다.

그런데 사랑도 전염이 되는 걸까? 할머니의 사랑은 그 어떤 바이러스보다 전염성이 강했다. 바로 내가 최초 감염자였다. 그날 밤, 나는 하늘을 날아오르는 꿈을 꾸었다. 사실 요즘 들어 찬영이와 시들해지고 있었다. 그런데 꿈속에서 나는 찬영이와 어깨동무를 하고 뾰족 지붕 위를 날아다녔다. 샤갈의 〈산책〉에 나오는 신랑 신부처럼 사랑의 꽃다발을 들고 바닥에서 떠오른 것이다. 찬영이도 나를 향해 날아올랐다. 날아오른 찬영이는 내 귀에 살짝 키스하며 밀어를 속삭였다. 나는 찬영이의 열정적인 고백에 깜짝 놀라 눈이 동그래졌고, 꿈이 늘 그렇

듯이 우리가 존재하는 공간은 곧 비현실적인 것이 됐다. 발 아래로 사랑의 배경이 되는 풍경들이 지나갔다. 뾰족 지붕과 안뜰, 교회, 꽃밭이 우리와 더불어 흘러갔다. 찬영이는 나의 모든 것이었다. 그는 뮤즈였고 나의 프리모우오모였다. 나는 찬영이를 끌어안고 하늘을 날아다녔다.

다음 날 아침, 꿈에서 허우적대고 있는 나를 아빠가 흔들어 깨웠다. 아빠는 터지기 직전의 수소폭탄 같았다. 순간, 나는 정신이 번쩍 들었다. 분명히 어제 아빠를 잘못 본 게 아니었다. 꽃집에서 나오다 아빠를 본 듯했다. 하지만 절대로, 결사적으로 오지 않겠다던 아빠가 갑자기 댄스학원에 나타날 리가 없지 않은가? 아빠의 압박은 초반부터 거셌다. 나는 처음엔 시치미를 뚝 뗐다. 그러다가 알렉스 킴 할아버지는 할머니의 파트너라고 우겼다. 하지만 아빠는 능수능란했다. 분명히 저번에 카페에서 봤던 그 사람이 틀림없다고 확신했다. 만일에 사실대로 말하지 않으면 하나 밖에 없는 딸이고 뭐고 국물도 없다고 일갈했다. 나는 아빠의 회유와 협박에 모든 사실을 실실 불고 있었다. 정황을 파악한 아빠가 할머니 방으로 돌진했다. 그러면서 '엄마가 어떻게 그럴 수 있냐'고 길길이 날뛰었다. 돌아가신 아버지께 미안하지도 않느냐며 되지도 않는 말을 쏟아냈다. 할머니는 어찌된 일인지 묵묵부답으로 일관했다. 그러자 이번엔 아빠가 화살을 내게 돌렸다. 눈빛은 이글대고 표정은 싸늘

했다. 나는 순간 움찔했지만 곧 이렇게 종알대고 말았다.

"사랑이 죄야! 할머니한테 왜 그러는데."

"넌 빠져."

나 참, 배신자도 모자라 이제 빠지란다. 그리고 말이 나왔으
니 말이지 할머니는 사랑하면 안 된다는 법이라도 있느냔 말
이지. 하지만 괜히 나섰다가는 감당 못 할 불똥이 튈게 분명했
다. 나는 그만 입을 다물었다. 그런데 묵묵부답인 할머니가 돌
연 이 한마디를 던졌다.

"이건 내 인생이야!"

누구도 예기치 못한 선언이었다. 일제강점기의 독립선언문
보다 깊고 진한 울림을 주는 한마디였다. 길길이 날뛰던 아빠
는 한순간 말을 잃어버렸다. 나는 주먹을 불끈 쥐고 '안단테에
스프레시보!'하고 파이팅을 외쳤다. 하지만 사건은 터지고 일
은 꼬여만 갔다. 아빠는 사사건건, 매사에 분통을 터뜨렸다.
그런데 할머니는 독립선언만 한 게 아니었다. 며칠의 고심 끝에
짐을 싸 들고 가출을 결행한 것이다. 할머니는 자신의 사랑을
위해 한 걸음씩 전진했다. 하지만 불행히도 아빠 마음 속 아이
는 갈피를 못 잡고 방황하기 시작했다.

긴급 가족회의가 끝나고도 아빠와 고모들은 저녁 내내 옥신
각신했다. 그러다가 아빠가 엉덩이를 털고 집을 나섰다. 알렉

스 킴 할아버지를 만나 담판을 짓겠다고 큰소리를 뻥 친 것이다. 하지만 아빠는 금세 돌아왔다. 그리고 과다한 홍분상태인 채로 이렇게 외쳤다.

"수민아, 옷 입어!"

나는 어리둥절했다. 나도 모르게 손가락으로 내 가슴을 가리켰다.

"그럼, 수민이가 너 말고 또 있어?"

아빠는 여전히 씩씩대고 있었다. 나는 왜 하는 입모양을 만들고 엄마를 쳐다봤다. 하지만 엄마는 아빠에게 관심 없다는 듯 누군가와 통화 중이었다.

"앞장 서!"

아빠가 나를 몰아 세웠다.

"그 할아버지 어디서 일하는지 알지?"

"알렉스 킴 할아버지? 지금쯤이면 댄스학원에 계실 시간인데."

"방금 학원 갔다 왔어."

"거기 안 계셔?"

"너네 할머니 안 나온 뒤로 그만 뒀다나 뭐라나."

아빠는 터지기 직전인 풍선처럼 위태로워 보였다. 나는 갑자기 할머니 사랑의 볼모가 된 기분이었다. 아니 차라리 볼모라면 그나마 괜찮을 듯싶은 생각이 들었다. 이건 뭐, 숫제 앞잡이

노릇을 하고 있는 것만 같아 찝찝하기 그지없었다. 하지만 별수 없었다. 나는 앞장 서 카페가 즐비한 골목으로 들어섰다. 그리고 알렉스 킴 할아버지가 운영 중인 베이커리 앞에서 걸음을 멈췄다. 아빠가 나를 확 째려봤다. 그러더니 더 기다릴 것도 없다는 듯 거칠게 빵집 문을 밀었다. 갓 구운 빵 냄새가 실내를 가득 채우고 있었다. 아빠가 큰 기침을 했다. 아빠 배에서 염치없이 꼬르륵 소리가 났기 때문이다. 문소리에 흰 모자를 쓴 알렉스 킴 할아버지가 빠꼼 얼굴을 내밀었다. 아빠가 조리대 쪽으로 한발 다가섰다.

"저랑 얘기 좀 하시죠!"

"어이쿠, 잘 왔구먼."

할아버지는 단박에 아빠를 알아봤다. 나는 아빠와 할아버지 사이에서 한발 물러섰다. 할아버지가 흰 모자를 벗고 옷매무새를 만졌다. 그러면서 빵 먹을 때 필요한 포크와 휴지를 챙겨주는 것을 잊지 않았다. 나 원 참, 아빠는 이렇게 자상한 할아버지를 왜 못마땅해 하는 건지 모르겠다. 나는 빵이 담긴 쟁반을 들고 구석진 자리를 찾아 앉았다.

"어제, 오늘 자네를 찾아갈까 고민하고 있었네."

할아버지가 선방을 날렸다.

"잘됐군요."

아빠가 지지 않고 맞받아쳤다.

"자네가 먼저 와주니 되레 고맙구만."

"대체 왜 이러시는 겁니까?"

"자네야말로 왜 이러나?"

순간 아빠가 멍해졌다.

"우린 아이가 아닐세."

하지만 아빠도 만만치 않았다. 다시 전투태세에 돌입했다.

"그러니 이러는 거 아닙니까. 도대체 사춘기 아이들도 아니고 엄마가 집을 나간다는 게 말이 됩니까? 그리고 그 연세에 사랑이 말이 되는 소리냐고요?"

"우리 나이가 어때서?"

다시 아빠가 할 말을 잃었다. 맞다. 할아버지 말이 백번 맞다. 사랑에 나이가 무슨 상관이란 말인가?

"그것만이면 제가 이러지 않습니다. 영감님은 바람둥이라고 소문이 자자하던데요!"

갑자기 할아버지가 너털웃음을 터트렸다. 그 바람에 꾹꾹 누르고 있던 아빠의 분통이 터지고 말았다.

"웃지 마십시옷! 저희 엄마의 남은 인생이 걸린 문제란 말입니다."

"아, 미안하네. 미안해."

유쾌하게 웃어젖히던 할아버지가 갑자기 아빠에게 손을 내밀었다. 아빠가 손을 뒤로 스윽 뺐다. 그러자 할아버지가 아빠의 손을 그러모아 잡았다.

"무슨 수작이십니까?"

아빠가 손을 뿌리쳤다.

"이 사람아, 그래도 모르겠나? 자네나 나나 김 여사를 사랑하는 것은 똑같아. 다만 방식이 다를 뿐이지."

할아버지의 이 한마디에 아빠가 침묵했다. 수습되지 않는 침통한 얼굴로 말을 잃어버린 사람처럼 묵묵히 앉아 있었다. 주변이 고요했다. 주스를 마시고 있던 나는 침묵에 응답하듯 컵에서 입을 뗐다. 그렇게 한참의 시간이 흘러갔다. 깨질 것 같지 않은 침묵을 깬 건 이번에도 할아버지였다.

"내가 바람둥이라는 건 사실일 수도 있지……."

"바로 그겁니다. 그래서 엄마를 맡길 수 없다는 겁니다."

나는 뭐지 하는 얼굴로 아빠를 건너다보았다. '엄마를 맡기다니?' 아빠는 뭔가 사건의 요지를 잃고 있는 사람처럼 보였다. 지금 자신이 뱉은 말의 의미를 전혀 파악하지 못했다. 긴 침묵이 아빠를 다른 섬으로 보내버린 모양이었다.

"그렇지만 나는 억울하네. 그저 다른 사람보다 좀 친절한 것뿐인데, 왜 다들 그런 오해를 하는지 진짜 모르겠거든."

"어쨌든, 전 싫습니다!"

아빠는 점점 할아버지 앞에서 투정을 부리는 아이로 변하고 있었다. 내 눈에는 그렇게 보였다. 역시 할아버지는 눈이 밝았다. 아빠 안에 숨은 또 내면 속 아이를 발견한 것이다. 일찍 아버지를 잃어서 성장하지 못하고 아빠의 마음속에 웅크리고 있는 아이 말이다.

"시간을 좀 주면 안 되겠나?"

"남녀 사이에 시간은 쥐약입니다."

"사랑을 말리는 거야말로 진짜 독약이지, 안 그런가?"

"그거야……."

아빠가 또 말을 잃었다.

"우선 김 여사를 집으로 들어오게 하는 게 급선무겠지?"

아빠는 대답 대신 고개를 끄덕였다. 그렇게 아빠의 전투는 30분 만에 허무하게 막을 내렸다. 집을 나설 때의 기세등등하던 모습은 온데간데없고 엄마를 두 번 잃은 아이 얼굴이 됐다. 나는 그만 가슴이 찡해졌다. 거기에다 아빠 손에는 커다란 빵봉지가 들려 있었다. 아빠는 길을 걷는 내내 그것을 물끄러미 바라보았다. 아빠 모습이 처량하기 이를 데 없었다. 아빠는 확실히 패잔병에 가까워 보였다. 그렇다고 뭐 꼭 죽을상은 아니었다. 나는 자꾸 아빠의 옆얼굴을 힐끔거렸다. 집이 가까워 올수록 곤혹스러움과 안도가 복잡하게 교차하는 미묘한 표정을 지었다. 갈등이 최고조에 이른 눈치였다.

그런데 맙소사!

집에 돌아온 아빠는 어쩐 일인지 갑자기 기세등등해졌다. 이

미 전세가 기울었건만 허세가 하늘을 찔렀다. 이제나저제나 기다리고 있던 고모들 앞에서 큰소리를 뻥뻥 쳤다. 아빠 목소리는 집 안에 쩌렁쩌렁 울렸지만 어딘지 거품 빠진 콜라처럼 공허했다. 엄마와 나는 그런 아빠를 당분간 모른 척하기로 했다. 하지만 더 당황스러운 일은 다음날 벌어졌다. 고모들이 각자의 집으로 총총히 사라지자 이번에는 아이로 돌변한 것이다. 말을 잃고 시무룩해지더니 소파와 한 몸이 되어갔다. 시간이 흐를수록 점점 풀이 죽어갔다. 그리고 애꿎은 리모컨만 만지작댔다. 마치 어미 잃은 강아지 같았다. 그렇게 며칠이 흘러갔다. 그러자 이번엔 엄마가 팔을 걷어붙이고 나섰다. 자칫 할머니 사랑 때문에 자기 남편 잃게 생겼다는 것이다. 엄마가 할머니 생신 준비를 하기 시작했다. 아빠는 또 눈치 없이 버럭 했다. 엄마도 없는데 생일상이 웬 말이냐며 화를 냈다. 하지만 엄마는 아랑곳하지 않았다. 그러기는커녕 어느 때보다 표정이 밝아 보였다. 쯧쯧, 아빠는 지금 혼자만 모른다. 나는 아빠가 참 안됐다는 생각이 들었다. 아니다. 아빠 혼자 끙끙 앓고 있는 것을 온 식구들이 나서서 해결해주려는 거다.

생선에 달걀옷을 입히고 있는데 초인종이 소리가 났다. 알렉스 킴 할아버지였다. 할아버지는 말끔한 슈트 차림이었다. 달콤한 케이크 상자도 잊지 않고 들고 왔다.

"자네, 나 기다렸나?"

"제가요? 그럴 리가요!"

"정말인가?"

아빠가 주춤주춤 할아버지께 의자를 권했다. 할아버지가 케이크 상자를 내밀었다. 아빠가 못이긴 척 케이크를 받았다. 그때 엄마가 생글거리며 얼음이 동동 뜬 식혜를 내오며 할아버지께 인사했다. 사실 엄마와 할아버지는 구면이다. 아빠가 할아버지 베이커리로 돌격했을 때 엄마는 할아버지와 전화 통화를 했다. 엄마는 물론이고 고모들도 벌써 할아버지와 인사를 나눴단다. 인사뿐인가, 막내고모는 할아버지를 만나고 오더니 실컷 나대며 말했다. '돌아가신 아버지를 만난 거 같다는 둥, 앞으로 우리와 함께 살자는 둥' 아무튼 그랬다. 그래서 큰고모에게 엉덩이를 꼬집힐 뻔했다. 물론 할아버지의 진심이 모두에게 통한 거다. 이제 아빠 차례였다.

"집사람 먼저 보내고 한동안 마음 둘 곳이 없었네. 그래서 내가 다시 빵을 구울 거라고는 생각지도 못했지. 그런데 얼마 전부터 다시 빵을 굽기 시작했어. 모두 자네 어머니 덕분일세."

또 침묵이 흘렀다. 이번엔 내가 나섰다. 뭐, 이건 정해진 수순이었다. 관객 1인만 모르는 연극이라고나 해야 했다.

"할아버지, 저희랑 같이 가실 거죠?"

"수민이 아빠한테 물어봐야겠지?"

"어디 가?"

관객 1인의 얼굴에 돌연 생기가 돌았다. 나름 열심히 머리를 굴려 답을 얻은 모양이었다.

"그래도 되겠나?"

"아, 뭐……. 그러시죠."

아빠가 머리를 긁적였다.

"수민이, 옷 입어라."

아빠가 짐짓 퉁명스럽게 말했다. 나는 더 기다릴 것도 없이 챙겨둔 가방을 들고 나섰다. 그 사이 아빠는 말쑥한 양복으로 갈아입었다. 덥수룩한 수염을 깎고 나자 다시 우리 아빠로 돌아왔다.

주차장에 햇살이 따사로웠다. 우리는 마치 주말을 맞아 여행을 떠나는 가족처럼 단란해 보였다. 아빠가 차에 시동을 걸었다.

"수민아, 땡큐다."

할아버지가 엄지손가락을 치켜세웠다. 나는 할아버지가 나에게만 인사하는 게 아니라는 걸 알고 있었다. 그래서 대답대신 활짝 웃어보였다. 그때 막내고모에게 전화가 왔다.

"수민아, 안단테에스프레시보가 뭐야?"

"당신, 지금 내 마음의 소리가 들리나요?"

"어머, 우리 엄마 어떡하니!"

어느새 톨게이트가 눈앞에 다가왔다. 고속도로를 달리기 위해 차가 서서히 속도를 내기 시작했다. 그렇게 집을 나간 할머니는 돌아오지 않았다. 하지만 우리 가족이 할머니가 있는 곳으로 함께 가고 있으니……. 아니 그럼 이건 뭔가? 집단 가출인 건가? 거기에다 알렉스 킴 할아버지까지 동행하는 이 상황은 뭐지?

"안단테에스프레시보!

사랑의 레시피

"짐 정리 다 됐지?"

"아직이야, 아직 멀었어!"

"빨리 좀 해!"

강현이가 한 번 더 재촉했다. 하지만 남주는 강현이 말 따위는 안중에도 없다는 듯 여유만만 배낭을 열었다.

"너, 진짜 이상한 거 알아?"

"뭐가?"

"어휴 됐다, 가자."

강현이는 모든 걸 포기한 애늙은이 같이 어깨를 으쓱했다. 남주가 배낭에 들어 있던 물건을 빼 사물함에 쑤셔 넣었다. 그러더니 애써 뺀 옷가지를 다시 배낭으로 옮겼다. 그리고 이번에는 배낭을 통째로 사물함에 쑤셔 넣었다. 강현이를 골탕 먹일 속셈이 분명했다. 남주가 사물함 열쇠를 빙빙 돌리며 너 따위는 관심도 없다는 듯 문을 열고 밖으로 나가버렸다. 강현이는 도무지 남주가 속수무책이었다. 거기에다 순 날라리에 여시코빼기였다. 화를 내거나 비위를 맞춰 봐도 번번이 빗나간 핀트처럼 예상 밖의 일만 했다. 강현이는 그런 남주가 골치 아팠다.

강현이는 한숨을 쉬고 방을 나섰다. 그새 남주는 저만치 앞서는 중이었다. 하여튼 무슨 여자애가 저 모양인지 모를 일이다. 남주가 복도를 우 다다다 달렸다. 마치 멀리뛰기의 준비자세 같았다. 폐교인 분교를 개조해 만든 캠핑장 복도가 신음을 뱉어냈다. 그런데 급식실로 직행할 것 같던 남주가 우뚝 멈춰섰다.

"뭐야?"

강현이는 그런 남주를 내버려 두고 급식실로 들어가 버렸다. 더 이상 남주의 술책에 말리고 싶지 않았다. 헛되이 시간을 낭비한 자신이 한심하기 그지없었다. 거기에다 배까지 고파 부아가 났다. 강현이는 밥 위에 뿌려진 짜장 소스를 보자 침이 꿀꺽 넘어갔다. 서둘러 자신의 자리를 찾아 앉았다. 막 첫술이 입으로 들어갈 찰나였다. 언제 왔는지 남주가 옆구리를 쿡 찔렀다. 때마침 입으로 들어가던 짜장밥이 헉 소리와 함께 사방으로 튀었다. 인상을 팍 쓰던 영석이가 남주를 발견하고 배시시 웃었다. 미친놈! 이 상황에서 웃음이 나냐?

"너, 뭐야?"

"내가 뭘?"

강현이는 아연해졌다. 어쩌자고 얘는 이렇게 제 맘대로 일가 싶었지만 무시하기로 했다. 이럴 땐 무시하는 게 최선이다. 말하자면 똥은 무서워서 피하는 게 아니라 더러워서 피하는 것과 같은 이치다. 강현이는 보란 듯 짜장밥을 크게 떠 넣었다.

그때 수업을 알리는 종소리가 났다. 하릴없이 잡담을 하고 있던 친구들이 어슬렁거리며 하나 둘 자리를 떴다.

"강현아, 긴장 늦추지 말고."

마지막 숟가락질을 할 때 남주가 은밀히 속삭였다. 남주의 목소리는 갓 만든 소프트아이스크림처럼 달콤했다. 자칫 전의를 상실하게 만드는 치명적인 데가 있었다. 강현이는 못된 꿈에서 깨어나듯 고개를 흔들었다. 영석이가 그런 강현이를 부러운 듯 쳐다봤다. 강현이는 으이그 미친놈하며 자리에서 일어났다. 그리고 메모장을 꺼내 주의 깊게 살피기 시작했다. 오후의 일정은 두 가지였다. 캠프장 근처의 비닐하우스에서 요리에 필요한 채소를 구하고 나면 마트에서 장을 보는 것이었다. 강현이는 요리에 쓰일 재료를 꼼꼼히 체크했다.

요즘은 별별 캠프가 다 열린다. 물론 방학 내내 캠프에 참가한다는 프랑스 같은 선진국만큼은 아니지만 무슨 무슨 힐링이

붙은 캠프가 유행인 것만은 사실이었다. 영어캠프는 물론이고 스키캠프, 전통체험캠프, 이제 요리캠프까지 생겼으니 더 말 할 것이 없다. 며칠 전, 중학교 3년 내내 같은 반이었던 은지는 영어캠프에 간다고 들떠 있었다. 아, 물론 영어를 배울 목적은 절대 아닌 게 분명해 보였다. 그저 지긋지긋한 부모의 시선으로부터 벗어 날 수 있다는 그 자체로 은지는 대만족이었다.

강현이는 지난 여름방학 때 염전캠프에 참석했다. 요리를 제대로 배우려면 소금 만드는 과정을 아는 것이 필수라는 아빠의 조언 덕분이었다. 땡볕 아래서 피어나는 소금결정은 꽃이라고 불러도 손색이 없을 만큼 매력적이었다. 꽃을 품고 있는 바닷물이라니 상상만 해도 멋진 일이었다. 아빠는 강현이와 요리를 할 때마다 이렇게 말했다. 요리란 정성을 다한 정신의 산물이라고 말이다. 강현이는 염전에서 돌아와 씻던 짭짤하던 땀의 기억을 잊을 수 없다.

어느새 비닐하우스 앞이었다. 강현이가 비닐하우스 앞에 쌓여 있는 바구니를 뽑아들자 영석이도 야심차게 바구니를 챙겼다.

"우아, 여긴 딴 세상이다!"

하우스 안으로 앞서 들어가던 영석이가 탄성을 질렀다. 밖은 한겨울에 접어들고 있는데 하우스 안은 봄이었다. 강현이는 허브가 자라고 있는 곳으로 발걸음을 옮겼다. 빠르게 눈길을 움직여 필요한 허브를 찾았다. 허브는 요리를 완성하는 데 주요한 몫을 차지했다. 스피아민트와 바질, 로즈마리를 먼저 필요한 만큼만 땄다. 그 옆에 화려한 꽃잎을 자랑하고 있는 한련화도 몇 송이 준비했다.

"겨우 허브샐러드야?"

또 남주였다. 강현이는 못 들은 척 했다. 이건 상도덕에 어긋나는 일이다. 요리가 완성될 때까지 레시피는 물론 요리에 관한 모든 걸 비밀에 붙여야 했다. 설혹 눈치 챘다고 해도 모른 척 해주는 것이 상대팀에 대한 예의였다. 남주가 그걸 모를 리 없었다. 강현이는 '남이 뭘 하건, 너나 잘하세요.' 하는 말이 목에 걸렸다. 남주가 점점 가증스러워지려고 했다. 젠장, 거기에다 남주의 바구니는 아직 깨끗했다. 역시 사람을 홀리는 여시코빼기가 분명했다.

"남주야, 왜 아직 빈 바구니야?"

영석이가 벙글거리 다가왔다. 녀석의 바구니에는 방울토마토가 가득했다.

"비밀이야!"

야멸차게 말끝을 자른 남주가 돌아섰다. 그러거나 말거나 영석이는 멀어지는 남주 뒤통수를 쳐다보고 또 헤벌쭉 웃었다. 영석이 자식, 자존심은 인터넷 중고시장에 헐값으로 팔아치웠는지도 모른다. 녀석은 남주가 시야에 들어오기만 하면 헤벌

쩍 하회탈이 된다. 그러니 바보 같다는 소리나 듣고 있는 거다. 그런데 정작 당사자는 아무렇지도 않을뿐더러 기분이 날아갈 것 같은 표정을 짓는다. 이래저래 불가사의한 녀석이다.

"팀별로 집합!"

캠짱인 다림샘이었다. 다림샘은 지금은 캠프의 장이지만 예전엔 잘나가는 호텔 조리 부장이었다. 그래서 아이들 사이에 캠짱이라 불린다. 다림샘도 참 사연 많은 분이다. 한마디로 굴곡진 삶을 오롯이 살아냈다고 할 수 있다. 들리는 소문에 의하면 다림샘은 호텔 총주방장이 되기 직전에 쓰라린 인생의 고배를 마셔야 했단다. 조리 부장이었던 당시 회사 간부의 낙하산 인사로 말미암아 승진에서 밀려난 것이다.

아무튼 힘든 일을 겪은 사람은 딱 두 부류다. 모든 일에 완고해 지거나, 모든 걸 통달해서 너그러워지는 경우다. 캠짱은 후자에 속했다. 항상 모든 일에 유연하게 대처한다. 특히 요리에 대한 사랑은 각별하다. 캠짱은 입버릇처럼 이렇게 말한다. 소모적인 경쟁은 요리를 망치는 지름길이요, 상생은 몸을 살리는 지름길이다. 지당하신 말씀이다.

다림샘이 요리캠프를 운영하는 결정적 이유는 요리사가 꿈인 아이들의 멘토가 되기 위해서다. 평소에 궁금한 것들을 캠프에 와서 물어볼 수 있었고, 실습을 통해 요리를 완벽하게 자신의 것으로 소화할 수 있게 도와줬다. 물론 다림샘의 의도와는 상관없이 순위가 정해진다는 것이 문제였다. 늘 상생을 외치는 다림샘의 뜻과는 다르게 실습생끼리 치열한 경쟁을 하는 게 문제라면 문제였다. 강현이에게는 지난여름 요리캠프 때 대패한 기억은 아직도 쓰라린 상처로 남았다. 그날 이후로 남주는 툭하면 강현이를 패배자 취급했다.

"30분 후에 출발한다. 준비한 재료 깨끗이 손질한 후에 냉장고에 보관하도록."

다림샘이 하우스 문을 열었다. 겨울바람이 하우스 안으로 들어왔다. 다림샘이 막 하우스를 벗어나려는 찰나였다.

"캠짱, 질문해도 돼요?"

영석이가 소리쳤다. 다림샘이 그럴 줄 알았다는 얼굴로 돌아섰다.

"질문은 언제든지 환영! 모르는 것은 뭐든 물어보고, 궁금한 것은 참지 말고 답을 찾도록."

다림샘의 맛깔난 한마디였다.

"연날리기랑 캠프파이어 꼭 하는 거죠?"

"역시 영석이 밖에 없구나. 하마터면 잊을 뻔 했네!"

다림샘이 영석이에게 고맙다고 했다. 하지만 꼼꼼하기로 소문난 다림샘이 대단원의 막을 장식할 그런 중차대한 일을 잊어버릴 까닭이 없었다. 다림샘은 연날리기는 요리강평이 끝난 날 오후에, 그리고 캠프파이어는 캠프 마지막 날 할 거라고 했다.

"너라면 잊겠냐? 바보야."

옆줄에 서 있던 남주가 영석이를 째려봤다. 모처럼 남주가 보는 앞에서 칭찬을 받아 기분이 째지던 영석이가 움찔했다.

"추운데 연날리기가 다 뭐니?"

남주가 툴툴댔다. 계집애, 하여튼 남 좋은 꼴을 못 봐주는 툴툴 대마왕이다. 그런 주제에 여왕 노릇까지 하려고 들었다. 강현이는 배알이 꼴렸다. 그래서 이렇게 한마디 했다.

"캠프의 백미는 캠프파이어고, 연날리기의 진짜 묘미는 코끝이 찡한 추위 아니냐?"

"진짜 추울 때는 매운 떡볶이가 최고지. 뜨거운 어묵국물까지 곁들이면 대박인데……."

기껏 제 편을 들어줬더니 영석이의 황당한 한마디였다.

"강현아, 우리 마트에서 뭐 사야 돼?"

"새캬, 대충 사."

영석이 녀석, 정말이지 쓸데없는 말만 골라서 해댔다.

"그럼 안 될 걸. 다림샘은 대충은 싫어할 걸."

남주가 '핑' 코웃음을 치고 밖으로 나갔다. 손에 든 바구니가 검정 비닐로 덮여 있었다. 우와, 저런 계집애는 처음이다. 강현이는 남주가 왜 저러는지 이유를 모르겠다. 그래서 더 미칠 노릇이다.

사실 남주와 강현이는 유치원 동기 동창이다. 그러니까 처음

부터 사이가 나빴던 건 아니다. 나쁘기는커녕 유치원 2년 동안 단짝이었다. 너무도 당연하게 소꿉놀이를 할 때마다 강현이는 남주의 신랑이었다. 그런데 언제, 어디서부터 잘못됐는지 아리송하기만 하다. 강현이는 기억을 더듬기 시작했다. 분명히 초등학교 저학년 때까지만 해도 곧잘 어울렸다. 학원을 같이 다닌 것은 물론이고 가끔 떡볶이도 같이 먹지 않았는가 말이다. 그렇다면 고학년이 된 이후로? 아니다. 초등학교를 졸업할 때까지만 해도 그럭저럭 지낸 것 같다.

강현이는 불현 듯 남주가 처음으로 여자가 된 날이 떠올랐다. 에이, 하지만 일부러 강현이가 그날을 기억하고 있었던 건 아니다. 문제는 남주 아빠였다. 하나뿐인 딸의 첫 생리를 어찌나 떠들썩하게 축하했던지 동네 사람들이 모두 알 정도였다. 그러니 강현이는 저절로 알게 된 것 뿐이다. 거기에다 그게 뭐 어쨌다는 말인가? 나이를 먹으면 어른이 되는 건 당연한 이치가 아닌가. 어쨌든 남주가 그날 이후로 데면데면하게 된 건 분명했다. 이제 생각해보니, 그때 이후로 강현이가 장난을 치면 째려보고, 무슨 일을 해도 조소 띤 얼굴을 하기 시작했던 거 같다. 그러다 중학생이 된 후로는 시도 때도 없이 으르렁대다 어느 순간 싹 무시하기 일쑤였다. 한마디로 남주는 제멋대로에 성깔 사나운 계집애가 돼버렸다. 처음, 강현이는 슬펐고 그다음엔 속상했고, 시간이 흐를수록 미운 마음이 들더니 이제는 꼴도 보기 싫다.

"승객 여러분, 우리의 마이크로버스는 곧 사랑의 캠프를 출발해 목적지인 엔터마트까지 10분, 10분 정도 소요될 예정입니다. 승객 여러분께서는 안전벨트, 안전벨트를 반드시 착용하여 주시기 바랍니다. 다시 한번 말씀 드리겠습니……."

"멘트 치는 꼬라지하고는. 차암, 바닥이다 바닥."

영석이의 말이 채 끝나기도 전에 비아냥거리는 소리가 들려왔다. 역시나 남주였다. 남주는 맨 뒷좌석에 팔짱을 낀 채 꼿꼿이 앉아있었다. 남주의 핀잔에 잠시 머쓱해 있던 영석이가 0.1초 사이에 표정을 풀었다. 그러고는 쪼르르 뒤쪽으로 달려갔다.

"남주야, 안전벨트 매줄까?"

"됐거든!"

영석이 말이 끝나기 무섭게 남주가 철컥하고 벨트를 채웠다. 그러더니 고개를 깊이 묻고 눈을 감아버렸다. 완전, 개무시였다. 머쓱해진 영석이가 그제야 비실비실 강현이 옆자리로 왔다. 으이그, 미친놈. 그렇게 수모를 당하고도 하는 꼴이라니. 역시 사랑은 미친 짓이다. 아니 미친놈만이 할 수 있는 게 사랑이다.

"아, 쪽팔려. 새캬 웬만히 좀 해라."

"강현아, 난 그렇게 생각한다. 요리가 몸을 위한 산물이라면, 사랑은 말이야, 마음을 위한 몸의 산물이라고 할 수 있지. 그러니까 말이지 사랑을 위해서라면 이 한 몸 다 바쳐도 아깝지 않다 이거지…….”

도대체 이건 또 어디서 주워들은 소릴까? 강현이는 더 이상 신경 쓰고 싶지 않아 눈을 감아버렸다.

버스가 부르릉 몸체를 떨며 출발했다. 강현이는 내일 실습에 필요한 레시피를 하나하나 짚어 나갔다. 절인 비트에 양송이를 곁들인 리소토 크로켓과 매생이 새우, 양파를 넣은 크림 스파게티를 할 생각이다. 남주에게 들켜버린 허브샐러드는 만들지 않을 것이다. 대신 오리엔탈 드레싱을 뿌려 상큼한 맛을 내는 샐러드를 만들어 볼 생각이다. 하지만 강현이는 메인요리인 리소토에 어떤 소스가 좋을지 내내 결정을 못하고 있었다. 자신이 있는 건 화이트 소스지만 요리란 늘 새로운 도전이 필요하다. 그렇다면 파프리카 소스를 만들어 보는 것도 나쁘지 않을 거란 생각이 들었다. 그리고 요번 기회에 다림샘에게 제대로 배워둘 필요도 있었다. 강현이는 고민거리였던 생각이 정리되자 한결 마음이 편했다. 벌써 마트에 도착했는지 버스가 멈추는 기척이 났다.

“필요한 재료를 구할 마지막 순간이다. 하나라도 놓치면 낭패인 줄 알지? 빠진 거 없는지 잘 살피고 꼼꼼히 챙기도록.”

다림샘 말이 끝나기 무섭게 아이들이 우르르 마트를 향해 돌진했다.

"남주가 날 피하는 거 같아."

영석이가 카트를 밀며 말했다.

"저런 게 개무시다, 새캬."

"너까지 그럴 거야?"

"그러니까 정신 줄 단단히 붙들란 말이야."

"그래도, 사랑의 기쁨은 표현하는 거라고."

어이구, 네가 갈릴레이냐. 강현이는 지구가 둥글다고 설치다가 하마터면 골로 갈 뻔한 갈릴레이가 가까스로 목숨을 건지고 나와서 세상을 향해 던진 한마디가 떠올라 자기 머리통을 쥐어박았다. 그런 강현이를 영석이가 멀뚱히 쳐다봤다. 사랑의 목표가 표현하는 기쁨이란 소리는 개풀 뜯어 먹는 거라니까. 강현이는 너무 가혹한 거 같아 마지막 말은 삼켜버렸다. 남주만 보면 하회탈처럼 벙글벙글하던 영석이 녀석의 얼굴에 먹구름이 몰려들고 있었기 때문이다. 무슨 꿍꿍인지 남주는 아이들과 멀찍이 떨어져 걷고 있었다.

"다 담은 거 같지?"

어느새 카트가 채워지고 있었다. 벌써 마트를 여러 번 돌고 난 뒤였다. 재료가 적힌 수첩과 카트에 담긴 물품을 하나하나 확인해 나가던 강현이가 확신에 차 말했다. 하지만 영석이는 여전히 시무룩했다. 눈앞에서 남주가 사라지고 없었기 때문이었다.

"파프리카 담았어?"

"뭐?"

"파프리카 소스는 무슨 색으로 할 거야?"

아뿔싸, 제일 중요한 걸 잊어버리고 있었다.

"노란색!"

영석이가 아무 말 없이 카트를 놓아둔 채 발길을 돌렸다. 그러고는 채소코너 쪽으로 뚜벅뚜벅 걸어갔다. 자식, 저럴 때는 또 빈틈없는 요리사 포스다. 그리고 둘도 없는, 아니 없어서는 안 될 최상의 파트너이기도 했다. 강현이는 머쓱했다. 이건 뭐랄까, 자신의 생각을 들킨 것도 같고 영석이를 무시하고 혼자 결정한 것에 대해 미안한 마음도 없지 않아서였다. 강현이는 이럴 때 꼭 영석이가 자기 맘속에 들어왔다 나간 것 같았다.

"가자."

채소코너에서 집어 온 파프리카를 카트에 넣으며 영석이가 말했다. 녀석의 말이 단답형으로 바뀌었다. 강현이는 당장에 곤란함을 느꼈다. 그때 남주가 눈에 들어왔다. 몇 발짝 앞 계산대에서 물건 값을 치르는 중이었다.

"영석아, 남주 저기 있는데."

"진짜? 어디, 어디?"

발끝만 쳐다보고 있던 녀석이 고개를 번쩍 들었다. 목소리가 어찌나 큰지 강현이는 괜히 뜨끔했다.

"남주야, 도와 줄 거 없어?"

남주를 발견한 영석이가 계산대를 향해 뛰어갔다. 악착같이 끌고 다니던 카트도 팽개쳐버렸다. 그사이 계산을 마친 남주가 쌩하니 자동문 밖으로 사라지고 있었다. 와, 남주는 여우가 분명했다. 장을 보는 내내 코빼기도 안 보이더니……. 강현이는 혼자 남은 영석이의 뒤통수를 멀건이 바라봤다. 잠시 멈칫하던 영석이가 한 치의 망설임도 없이, 뒤도 돌아보지 않고, 닫히는 자동문을 향해 격렬하게 돌진하고 있었다. 역시, 남주는 남의 혼을 쏙 빼는데 천부적인 소질을 타고난 게 틀림없다. 저렇게 순진한 영석이 맘을 들었다 났다, 들었다 났다 수천 번도 넘게 했다. 그때마다 영석이는 웃다가 울다가, 또 웃기를 백만 번도 넘게 해야 했다.

강현이는 고개를 절레절레 흔들었다. 보나마나 남은 일은 강현이 차지였다. 차에 물건을 실을 때도, 캠핑장에 도착해 짐을 내릴 때도 모든 일을 혼자 해야 했다. 일찌감치 영석이를 남주의 일꾼으로 빼앗겨 버렸기 때문이다. 하지만 요리를 할 때만큼은 그런 일은 있을 수 없었다. 영석이가 그걸 모를 리 없었다. 남주 옆에서 채소를 다듬던 영석이가 강현이와 눈이 딱 마주쳤다. 이때 녀석에게 통하는 방법은 딱 한가지다. 붙잡힌 눈을 절대로 놓지 않아야 했다. 영석이는 자신을 뚫어버릴 것 같은 강현이의 눈총을 더 이상 견딜 수 없게 되자 남주 옆에서 떨어져 나왔다.

"왜, 파트너 바꾸고 싶어?"

영석이 자식은 한껏 비굴한 제스처를 취하며 자리로 돌아왔다. 실습실 조리대에 준비한 재료를 정리하면서 강현이가 감정을 드러냈다.

"그럴 수만 있다면야!"

영석이가 벙글거리며 말했다. 다시 원점이었다. 사랑에 눈이 먼 눈치코치 없는 영석이로 금세 돌아와 있었다.

"닥치고, 빨리 서둘러."

"알았어, 알았다고."

영석이가 콧노래를 흥얼거리며 물을 틀었다. 하지만 댕그렇게 눈빛만은 남주에게 박혀 있었다. 강현이와 대각선에 자리를 잡은 남주는 벌써 재료 손질을 끝내가고 있었다. 더 이상 울화통만 터트리고 있을 상황이 아니었다. 강현이는 자신에게 집중하기로 했다. 지금 상황에서는 그게 최선이었다.

"요리의 제 1원칙, 양질의 식재료는 필수다."

"요리의 제 2원칙, 풍부한 상상력은 요리의 원천이다."

"요리의 제 3원칙, 뜨거운 열정은 목숨과 같다."

강현이의 요리 3원칙이었다. 어느 날 책에서 이런 구절을 읽었다. 나인스타 셰프인 알랭 뒤카스는 '열정과 재능 없는 조리사는 존재가치가 없다'고 했다. 강현이는 그 말에 전적으로 동감했다. 그래서 며칠 밤을 뜬 눈으로 지새우며 자신만의 요리3원칙을 만들었다. 그러니까 말하자면 강현이 자신은 다림샘이 말하는 상생의 요리에 가장 적합한 인물인 셈이었다. 하지만 이번만은 어떻게 해서든지 남주를 이기고 싶었다. 그래서 더 잘하고 싶었다. 리소토의 주재료인 쌀을 씻어 불려뒀다. 그리고 얇게 저민 비트에 소금 간을 살짝 했다.

그사이 영석이는 매생이를 씻기 시작했다. 진한 바다 냄새가 퍼졌다. 매생이는 겨울바다를 떠올리기에 충분했다. 짜릿한 바람에 몸을 내맡긴 바다가 눈앞에 보이는 것 같았다. 영석이의 섬세한 손길에 부드러운 매생이가 감겨들었다.

"스파게티 면을 삶아, 삶아. 그다음 양파, 양파를 까면, 까면 돼, 돼, 돼. 붐붐파파 붐붐파. 자, 다음은 새우 손질. 새우는 조심조심 껍질을 홀라당, 홀라당 벗겨. 벗겨, 벗겨, 벗기고, 붐치키치키. 면은 최대한 쫄깃, 쫄깃, 쫄깃하게. 요리는 쩜나, 쩜나, 쩜나, 요리는 쓴나, 쓴나, 쓴나."

연신 콧노래를 흥얼거리던 영석이가 아예 동네방네 다 들을 수 있도록 랩을 하기 시작했다. 강현이는 모른 척했다. 저 상태라면 말려서 될 단계가 아니었다.

실습실이 바쁘게 돌아갔다. 두 명씩 조를 이룬 친구들은 최

선을 다하는 중이었다. 강현이는 물론 친구들 거의가 조리특
성화고 입학을 코앞에 둔 상태였다. 아, 물론 남주는 예외다.
남주는 정규 코스를 밟기로 했단다. 쌔끈하게 일반고를 마친
후에 유명대학의 조리학과를 목표로 삼고 있었다. 하지만 강
현이는 시간을 낭비하고 싶지 않았다. 집안 사정도 사정이지
만 실력으로 세상과 맞서보고 싶은 생각이 없지 않았다. 파프
리카 껍질을 벗기고 있을 때였다.

"드디어 비장의 파프리카 소스야?"

"시끄러워, 비장은 무슨!"

강현이는 영석이의 입에 재갈을 물리고 싶은 심정이었다. 힐
끗 남주 쪽을 쳐다봤다. 다행히 남주는 자신의 요리에 집중하
느라 신경을 딱 끊고 있었다.

"제발 요리에 집중해줄래."

"걱정일랑 접어둬."

영석이가 불에 올린 팬을 흔들며 말했다. 올리브오일을 두른
팬에 마늘이 노릇노릇 구워지고 있었다. 곧이어 모시조개, 양
파, 새우, 매생이가 들어가 하나로 어우러졌다. 언제나 보고도
믿기지 않는 게 영석이의 손놀림이다. 하여튼 재능 하나는 타
고난 놈이다. 한마디로 '강현이 너나 잘하세요'였다. 강현이는
삶은 계란 노른자와 올리브오일, 파프리카를 곱게 갈았다. 간
은 파마산 치즈로 마무리했다.

"세팅 10분 전!"

다림샘이 차임벨을 울렸다. 완성한 요리를 그릇에 담아 심사대에 내놓아야 했다. 이제 데커레이션이 무엇보다 중요했다.

"캠짱, 요리 제목도 심사에 들어가요?"

"물론! 요리의 이름, 중요하지 중요해. 왜냐? 요리는 종합예술이고 이름은 곧 그 사물을 지칭하는 것이 거든. 영석이가 영석이인 이유는 그게 영석이니까. 그러니까 영석이는 종합예술이라 할 수 있지. 더 심오하게 말하자면 영석이는 영석이로서 소우주라고 해도 과언이 아니라는 거. 노영석, 명심해!"

"아 뇨, 뭐라는 거예요? 나는 요리에 이름표 다는 게 제일 어려운데."

영석이가 댕글거리는 눈을 굴리기 시작했다. 강현이는 미리 준비한 카누모양 접시를 꺼냈다. 그리고 수저를 이용해 접시에 준비한 파프리카소스를 뿌렸다. 노란색 소스는 흰 접시 위에서 반짝거리는 보석처럼 빛났다. 마치 햇빛이 흰 벽을 쏘는 듯했다. 일단 기본 베이스는 성공이었다. 강현이는 한층 신중해졌다. 차례대로 절인 비트와 양송이, 아티초크, 튀긴 리소토를 놓았다. 마지막으로 바질 오일을 뿌리고 새싹채소를 올려 요리를 완성했다. 요리를 '시크릿'이라고 이름 지었다. 아이들이 하나둘 완성한 요리를 심사대에 세팅하기 시작했다. 영석이도 면과 매생이가 잘 어우러진 스파게티에 바질 잎과 방울토마토를 없어 장식을 끝냈다. 영석이는 '바다의 속삭임'이라고 이름표를 붙였다. 썩 나쁘지 않았다.

"아기다리 고기다리 즐거운 시식 시간이 돌아왔다."

고릿적 개그를 하던 다림샘이었지만 심사에는 신중했다. 딱 한 번의 젓가락질로 모든 걸 파악했다. 개의 후각과 매의 눈, 거기에다 대령숙수의 미각을 가진 샘은 한 치의 오차도 없다.

다림샘이 메모장에 꼼꼼히 학생들의 요리에 대한 강평을 적어 나갔다. 강현이는 얼른 남주의 요리를 눈으로 찾았다. 그런데 요리가 미완성이었다. 늘 화려하고 돋보이는 색감을 자랑하던 남주표 요리가 아니었다. 알 수 없는 소스에 덮힌 돼지고기 구이에 브로콜리와 구운 사과가 전부였다. 거기에다 제목은 '사랑의 완성'이었다. 사과와 돼지고기, 브로콜리의 만남이 사랑의 완성이라니, 웃기지도 않았다. 강현이는 가슴을 쓸어내렸다. 안심을 넘어 쾌재를 불렀다. 다림샘은 영석이와 강현이네 조 앞에서 가장 오랫동안 머물렀다. 이만하면 자신이 한 발 앞설 것 같았기 때문이다. 5분간의 휴식 시간이 영원이 끝날 것 같지 않았다.

강현이는 밤새 한숨도 잘 수 없었다. 분하고 억울했다. 이제 다음 기회란 멀고 먼 이야기였다. 아침에 눈을 떴을 때 온몸이 으슬으슬했다. 목도 따끔거렸다. 몸살이 틀림없었다. 그저 집에 돌아가 푹 잠이나 잤으면 소원이 없을 것 같았다.

"야, 힘내자! 내일도 있고 모레도 있잖아."

강현이 이마를 짚으며 영석이가 눈치를 살폈다. 남주에게 밀린 것 따위는 전혀 관심 없는 녀석이 되게 말이 많았다. 아니 녀석은 오히려 자신의 일보다 기뻐했다. 강현이는 영석이 손을 뿌리치고 일어났다.

"가자, 아침 먹어야지."

"괜찮겠어? 몸살에다 체하기까지 하면 큰일 날 텐데."

"새캬, 이 정도는 끄떡없어."

강현이는 이를 악물었다. 요리실습에서 졌다는 것보다 그것 때문에 앓아누웠다는 소리는 듣고 싶지 않았다.

급식실은 아이들로 북적거렸다. 담백한 떡국이 아침 메뉴였다. 쓰디쓴 입속으로 떡국이 막 들어갈 찰나였다.

"강현, 몸은 어때?"

불여우 같은 계집애, 꼭 음식이 입으로 들어가려는 찰나에 나타나 말을 걸었다. 강현이는 고개도 들지 않고 떡국을 입으로 밀어 넣었다. 보나마나 고소해서 죽겠다는 얼굴로 벙글대고 있을 게 뻔했다.

"남주야, 걱정 마. 강현이는 이 정도로 끄떡할 놈이 아냐."

친절하게도 영석이가 나서서 말려주었다. 짜식, 속 보인다. 속 보여. 강현이는 부드러워서 씹을 것도 없는 떡쌀을 꼭꼭 씹어 삼켰다.

"금방 캠짱이 다녀가셨는데, 오후에는 연날리기라더라."

남주 목소리가 다시 쌩해졌다. 그러더니 누가 말리기나 한 것처럼 차갑게 돌아서 급식실을 나가버렸다.

"어쩌면 남주는 저렇게 친절하냐. 천사가 따로 없어. 바로 남주가 천사야, 천사. 안 그러냐, 강현아?"

"천사 좋아하네. 떡국이나 드셔."

강현이는 몇 숟갈 뜨지도 못한 떡국을 멀건이 내려다보았 다. 다시 골치가 지끈거려왔다. 이대로 방으로 돌아갔다가는 영영 일어나지 못 할 것 같았다. 강현이는 식판을 들고 천천히 일어났다.

캠핑장을 가로질러 운동장에서 벗어났다. 개울을 따라 긴 둑 위로 겨울 햇살이 얇게 퍼지고 있었다. 간혹 바람이 옷깃을 날렸다. 연날리기에는 더없이 좋은 날씨였다. 강현이는 적당한 곳을 골라 앉았다. 어쩔 수 없이 어제 저녁에 있었던 심사가 떠 올랐다.

"음, 먼저 수고한 자신과 친구들에게 격려의 박수를 보내고 시작할까."

다림샘이 박수를 유도했다. 친구들이 우우 소리를 내며 서로 에게 박수를 보냈다. 하지만 강현이는 마음이 급했다. 당연히 건성으로 박수가 나왔다. 그때 남주와 눈이 마주쳤다. 남주가 강현이를 빤히 쳐다봤다. 그뿐이 아니었다. 강현이를 향해 활짝 웃으며 박수까지 보내고 있었다. '저런, 여시코빼기가 또 무슨 수작을 부리는 거야.' 강현이는 싹 무시했다. 백여시의 둔갑술에 말려들고 싶지 않았다.

"자, 그럼 강평을 시작해 볼까."

다림샘은 등수나 점수를 매기지 않았다. 대신 각 팀에게 필요한 조언을 꼼꼼히 해줬다. 물론 칭찬에도 인색하지 않았다. 하지만 아이들 사이에서는 금방 순위가 정해졌다.

"다음은 환상의 복식조인 '시크릿'과 '바다의 속삭임'이다."

강현이는 긴장했다.

"일단 시크릿, 맛과 색감 단연 최고였고, 특히 소스가 환상적이었다. 한 가지 아쉬운 점은 전체적인 어울림이 다소 부족하다는 것, 그리고 바다의 속삭임은 평범한 파스타를 거부하고 매생이를 이용했다는 점을 높이 평가한다."

곧이어 남주의 평이 이어졌다.

"사랑의 완성은 전체적으로 좋았다. 자칫 느끼할 수 있는 돼지고기를 새콤달콤한 사과를 이용해 단점을 커버하고 있는 점과 특히 소스에서 정성이 느껴졌다. 그리고 주변에 흔한 재료를 이용해 최대한 맛을 끌어 낸 것에 큰 박수를 보낸다."

강현이의 입에서 짧은 신음 소리가 새어 나왔다. 자신도 의식하지 못한 사이에 나온 소리였다. 뚜껑을 열자 예외의 결과였다. 내심 엄청난 기대를 하고 있던 강현이는 실망이 이만저만 아니었다. 앞으로 일주일은 더 있어야 하는데 도무지 기운이 날 것 같지 않았다. 도무지 패배의 쓴맛이 쉬이 가시지 않을 것 같았다. 기대만큼 실망도 컸다.

강현이는 자리를 털고 일어났다. 다림샘을 앞세우고 캠핑장 밖으로 아이들이 몰려나가고 있었다. 각자 자신의 연을 하나씩 들고 있었다. 멀리 긴 생머리에 빨간 비니를 쓴 남주가 돋보였다. 그 옆에 가오리연을 든 영석이가 따르고 있었다. 영석이는 뭐가 그렇게 즐거운지 연신 싱글벙글거렸다. 점퍼가 바람에 한껏 벌렁거렸다.

연날리기가 시작됐다. 모두 연을 처음 날리는 친구들이 많았다. 강현이도 연날리기는 처음이었다. 가끔 대보름에 텔레비전에서 보던 게 고작이었다. 그런데 영석이는 자신의 연을 높이 띄우고 있었다. 자식, 참 여러 가지로 의외의 면을 가진 놈이었다. 영석이는 자신의 연을 남주에게 넘겨주었다. 연은 기세 좋게 바람을 가르며 몸을 솟구치고 있었다. 얼레를 넘겨받은 남주가 팽팽해진 연줄을 쥐고 개울둑을 따라 달리기 시작했다. 강현이는 자신 쪽으로 달려오는 남주를 피하려고 살짝 몸을 틀었다. 순간 강현이 연이 팽글 돌면서 남주의 연줄을 먹어버렸다. 그러자 바람을 저항을 받은 남주의 연이 크게 휘었다. 덩달아 남주도 휘청했다. 바람을 한껏 안은 연은 한자리에서 빙글빙글 돌기 시작했다. 중심을 잃은 남주가 기우뚱거렸다. 자칫 남주가 언덕 아래로 구를 기세였다. 강현이는 자신의 연을 내던지고 남주를 붙잡았다. 어떻게 위험에 처한 인간을 내버려 둘 수 있단 말인가! 휴머니즘, 그게 문제였다. 단언컨대 그 이상의 뜻은 절대 없었다. 맹세코 없었다. 그런데 아뿔싸, 남주를 안은 순간 백만 볼트의 전기가 짜르르 흘렀다. 무릎이 탁 꺾이며 전신이 마비된 듯 아찔했다. 무게중심을 잃은 강현이가 쓰러졌다. 강현이와 남주는 서로 얽힌 채 언덕을 구르기 시작했다. 멀리서 영석이가 달려오는 게 보였다.

강현이는 언덕을 구르는 내내 당황스러웠다. 드라마를 볼 때마다 비웃던 장면을 자신이 연출되고 있었기 때문이다. 그것도 불여우인 남주와 말이다. 거기에다 낡고, 원시적이고 또한 너무나 고전적 수법에 휘말리고 있었다. 그런데 그게 아니었다. 아닌 게 아닐 뿐만 아니라 뭔가가, 뭔가가 찡하고 통하는 게 있었다. 남주의 더운 입김에 볼이 지져질 지경이었다. 거기에다 이건 또 무슨 신의 장난이란 말인가? 남주가 예뻐 보이기까지 했다. 말도 안됐다! 강현이는 땅에 등이 닿는 순간 벌떡 일어났다. 영석이가 비탈을 구르듯 내려오고 있었다. 그나마 다행이라면 강현이와 남주가 몸을 뗀 순간에 도착했다는 것이다.

"남주야, 괜찮지? 괜찮은 거지?"

"상관 마."

얼굴이 달아오른 남주가 영석이의 팔을 뿌리치고 팽 돌아서
언덕을 올라가버렸다.

"새캬, 나는 걱정 안 되냐?"

"넌 딱 봐도 괜찮은데 뭘."

쌩해진 영석이가 강현이를 한 번 흘깃 했다.

'저런, 계집애. 기껏 도와줬더니 하는 꼬락서니하고는……'

강현이는 잠시 흔들린 마음문을 쾅 소리 나게 닫아버렸다.

겨울밤이 서서히 달아오르고 있었다. 일주일을 어떻게 보냈
는지 까마득했다. 캠핑장 한가운데 타오르는 모닥불이 타오
르고 있었다.

"오늘을 맘껏 즐기고 내일을 꿈꿔라!"

다림샘이 흥을 돋웠다.

"캠짱, 노래 불러도 돼요?"영석이가 자리를 털고 일어났다.
'노래해, 노래해'하는 함성과 함께 박수가 쏟아졌다. 마이크를
잡은 영석이가 노래를 시작했다.

'사랑은 아무나 하나, 사랑은 아무나 하나.'

녀석의 노래는 언제 들어도 일품이다. 다른 친구들이 힙합이
나 랩을 할 때 녀석은 트로트를 열창했다. 그게 녀석의 매력이
었다.

강현이는 타닥거리며 타오르는 불꽃을 바라봤다. 그러다

남주와 눈이 딱 마주쳤다. 후흡, 허리께가 짜르르했다. 백만 볼트의 전기가 명치를 지나 아랫도리로 흘러내렸다. 연날리기 하던 날 느꼈던 바로 그 찌릿함이었다. 그런데 더욱 불가사의한 일이 벌어졌다. 눈이 마주친 남주가 혀를 날름거리지도, 눈깔 빠지게 째리지도, 고개를 홱 돌리지도 않았다. 도리어 강현이의 눈빛을 강하게 붙잡아 맸다. 강현이는 잠시 시간이 정지된 느낌에 사로잡혔다. 그러자 웬일인지 그렇게 분하던 요리실습의 패배가 아무렇지 않게 생각됐다. 아무렇지 않을뿐더러 하찮은 일로 여겨졌다. 그동안 쌓였던 분노와 미움이 없었던 것처럼 녹아내렸다. 어느새 남주는 여우가 아니라 보호해야 할 여자로 보였다. 진정으로 오, 마이, 갓이었다. 강현이는 십중팔구 자신이 제대로 여우에 홀렸다고 생각했다. 단단히 홀렸더라도 쉽게 헤어 나오고 싶지 않았다. 정말이지, 그런 말도 안 되는 생각이 슬며시 들었다.

　'사랑은 아무나 하나, 사랑은 아무나 하나' 영석이의 절절한 노래가 캠핑장에 울려 퍼지고 있었다. 가슴 짜릿한 뭔가가 이제 막 시작될 모양이었다.

아틀라스 콤플렉스

"나병승!"

"뭐야, 지금 병승이라고 했어?"

"에이, 설마!"

팔이 저릿했다. 설핏 잠이 들었는데 어느새 책상에 침이 고여 있었다. 갑자기 교실이 술렁이기 시작했다. 나는 '그럼 그렇지.' 하며 다시 책상에 엎드렸다.

"병승아, 빨리 와!"

분명 현지 목소리였다. 나는 그럴 리가 없다고 생각하면서도 두리번댔다. 현지 입가에 보일 듯 말듯 미소가 머물러 있었다. 나는 잠시 눈을 감았다 떴다. 현지가 긴 생머리를 휘날리며 내게 손짓을 하고 있었다. 발꿈치깨가 찌르르했다. 반사적으로 엉덩이가 의자에서 뛰어 올랐다. 주섬주섬 책가방을 챙겼다.

"아주 정신이 나갔네, 나갔어."

가영이가 비아냥거렸다.

"너도 좋은 짝 만나라."

나는 짝꿍인, 아니 이제까지 짝꿍이었던 가영이에게 작별을 고했다.

"두고 봐. 너도 금방 단물 빠진 껌이 되고 말테니까."

가영이가 뚫을 듯 쳐다보며 말했다. 난 저게 무슨 소릴까 생각했지만 뜻이야 어찌됐건 뭔 상관이란 말인가! 지금 이 순간, 현지가 내 짝꿍이 됐다는 게 중요했다. 아니 내가 현지의 부름을 받았다는 게 중요했다. 나는 늘 하던 대로 생각하기를 그만뒀다. 쓸데없는 생각은 골치만 아팠다. 그리고 지금 그런 데 신경 쓸 겨를이 없었다. 현지를 더 이상 기다리게 할 수는 없는 일이었다. 나는 서둘러 현지 옆자리로 갔다.

"짝꿍, 잘 지내자."

현지가 길고 하얀 손을 내밀었다. 손을 마주 잡자, 현지 말이 아슴아슴 귓바퀴를 파고들었다. 그리고 진한 꽃향기에 머리가 핑 돌 때처럼 가슴이 울렁거렸다. 여기저기서 한숨 같은 찬탄이 흘러나왔다. 나는 벅찬 가슴을 가만히 눌렀다. 현지는 여신이다. 우리반뿐만이 아니다. 전교생은 물론이고 근방에 있는 다른 학교의 여학생 중 현지를 따라갈 미모는 없다. 거기에다 공부는 말 할 것도 없고 집안까지 빵빵했다. 아침마다 검정색 세단이 학교 앞에서 현지를 내려놓고 갔다. 그런 현지가 날, 이 나병승을 선택한 것이다. 쓸 수 있는 거라고는 힘 밖에 없는 나를 말이다. 그러니까 오늘은 내 인생의 대반전이 시작된 기막힌 날인 셈이었다. 자리 바꾸는 일은 이제 다 끝난 거나 다름없었다. 현지 다음으로 교탁에 나온 가영이가 큰 목소리로 준석이를 불렀다. 하지만 자리 바꾸는 일에 관심을 보이는 아이는 더 이상 없었다. 심지어 준석이는 인상을 찌푸리며 가방을 챙겨 가영이 옆자리로 갔다.

봄날은 그렇게 시작됐다. 무르익은 봄기운은 창밖에만 머물러 있지 않았다. 마침 4월의 마지막 주가 끝나고 열락의 5월이 시작되고 있었다.

아침에 일어나자 몸이 날아갈 듯 했다. 그날이 그날 같은 무료한 생활이 끝났다. 나는 마음이 바빠지기 시작했다. 아침마다 나를 깨우며 욕을 퍼 붙던 엄마가 오늘은 팔짱을 낀 채 나를 꼬나봤다.

"병승이, 니 여자 생깄나?"

"웬 여자?"

"냄시가 난다, 자슥아."

"와, 또 생사람 잡네. 당번이라고요, 당번!"

"당번이면 더 미적대는 자슥이 너 아니면 뉘고? 글고 먼 당번이 그리 개멋을 내나?"

나는 아침 일찍 샤워를 끝낸 내 몸을 살폈다. 머리부터 발끝까지 완벽했다. 벌써 양치도 두 번이나 했다. 나는 줄무늬셔츠에 방향제를 한 번 더 뿌렸다. 엄마가 야릇한 미소를 지었다. 엄마는 식구들의 민감한 변화를 귀신같이 알아챘다. 그리고 저렇게 경상도 사투리를 쓰는 건 자신의 레이더망에 일정량의 정보가 걸렸다는 뜻이고, 그 정보의 내용을 알아내겠다는 의지표명인 셈이었다. '더 이상은 곤란해.' 나는 서둘러 가방을 멨다.

"병승이 니 단디 들어라. 뭐니 뭐니 해도 여자는 맴이 고와야 한다, 알긋나?"

저건 맨날 여자친구를 밥 먹듯이 갈아치우는 외삼촌에게 입이 닳도록 하는 엄마의 잔소리였다. 나는 너무나 당연한 말만 하는 엄마가 무척 안타까웠다. 그래서 한마디 해줬다.

"마음이 얼굴이고, 얼굴이 곧 마음이야!"

왜 엄마는 이 불변의 진리를 모를까? 바로 그 반대표본이 엄마가 아닌가! 그러니까 엄마는 얼굴이 안 예쁜 만큼 마음씨도 별로 곱지 않다. 하지만 지금은 엄마와 이런 실랑이 할 시간이 없다. 나는 엄마의 쏟아지는 잔소리를 뒤로 하고 현관을 나섰다. 그리고 뛰다시피 학교로 향했다. 내 옆으로 은행나무 가로수가 휙휙 지나쳐갔다. 콩알 같은 잎을 틔운 은행나무는 초

록물을 올리느라 나만큼 분주해 보였다. 저만치 운동장이 다가왔다. 오늘은 운동장도 넓은 가슴을 열고 나를 맞이하는 것 같았다. 나는 운동장을 가로질렀다. 그리고 교실로 들어섰다.

어, 어, 그런데 교실마저 어제의 교실이 아니었다. 재미는커녕 따분하고 무료하기만 했던 교실이 한눈에 쏙 들어왔다. 마치 높은 산 위에서 탁 트인 아래를 내려다보는 것 같았다. 나는 아틀라스가 된 기분이었다. 수많은 영웅 중에 단연 그가 최고였다. 아틀라스는 산에 의해 역학화 된 사람이다. 여기서 역학화란 물체 사이에 작용하는 힘과 운동의 관계를 뜻한다. 그러니까 아틀라스는 힘이 넘쳐서 대지의 어깨 위에서 하늘을 지탱하고 있는 그런 사람이었다. 나는 아틀라스처럼 진짜 사나이가 되고 싶었다. '그리스로마 신화'를 볼 때마다 아틀라스가 나오는 부분을 닳도록 보고 또 봤다. 사실 헤라클레스에게도 마음이 끌리긴 했다. 하지만 헤라클레스는 너무 머리를 많이 쓴다는 게 흠이었다. 자고로 사람은 머리보다는 몸을 움직이는 게 최선이고 최상이었다.

"병승아, 주말 잘 보냈어?"

나르시시즘에 취해 있는 내게 여신의 목소리가 들려왔다.

"어, 어. 그렇지."

버벅대는 내 말에 상관없이 현지가 생글거리며 손짓했다.

"이것 좀 도와줄래?"

교탁에는 스케치북이 쌓여있었다. 물론, 도와주고 말고였다. 나는 가방을 던져두고 현지를 향해 바람처럼 달렸다. 힘 쓰기에 딱 좋은 날씨였다.

"이거 같이 미술실로 옮기자."

나는 스케치북 40여권을 한꺼번에 쓸어안았다. 보란 듯이 교실을 나섰다. 현지는 연신 우아하며 탄성을 올렸다. 못하는 게 없고 힘깨나 쓰는 엄마도 가끔 아빠 앞에서 저런 미소를 지어 보일 때가 있다. 무거운 소파나 침대를 옮겨주는 아빠를 향해, 혹은 어쩌다 나오는 명절 떡값을 봉투째 받았을 때 그랬다. 그때마다 어깨를 으쓱하던 아빠가 떠올랐다. 나도 현지의 미소, 그거면 족했다. 더 무엇이 필요하겠는가! 나는 한 층 한 층 층계를 오를 때마다 더욱 가열 찬 몸짓을 해 보였다.

"병승아, 내가 먼저 가서 미술실 문 열어놓고 있을게."

"응, 그래."

내 대답이 끝나기도 전에 현지는 3층 계단을 오르기 시작했다. 미술실은 3층에, 빛이라고는 노루오줌만큼 밖에 들어오지 않는 구석진 곳에 있었다. 나는 성큼성큼 계단을 오르기 시작했다. 저만치 미술실 문을 활짝 열어놓고 현지가 나를 기다리고 있었다.

"아이, 미술샘도 참 그렇다, 그치?"

네버, 네버 결단코 절대 아니다. 마녀 같은 미술샘이 오늘은 정녕코 밉지 않았다. 미운 게 다 뭔가, 그저 고마울 따름이었다. 나는 한 아름 되는 스케치북을 가벼운 검불 놓듯 책상에 사뿐히 내려놓았다.

"너무 고마워, 병승아."

"또 할 일 없어?"

내친김이었다. 약간의 에너지를 쓰고 나자 남은 힘이 불끈불끈 솟는 것 같았다.

"아이, 오늘은 이거면 충분해."

현지가 하얗고 긴 목 뒤로 찰랑거리는 생머리를 넘겼다. 그리고 이렇게 덧붙였다.

"학교 앞, 킹덤도넛 알지? 수업 끝나고 거기서 보자."

나는 왜라고 묻지 않았다. 이건 뭐 뻔하지 않은가, 데이트 신청! 그것도 달달한 도넛이 있는, 전교생이 자주 찾는 바로 그 킹덤도넛에서 말이다. 나는 사방거리며 멀어지고 있는 현지를 향해 '예스, 예스. 예스'를 외쳤다. 물론 말은 소리가 되어 나오지는 않았다. 대신 온몸이 격렬하게 반응했다. 나는 그렇게 나만의 세리머니로 현지와 첫 데이트를 약속했다.

하루 일과가 무사히 끝났다. 무사히 끝났다 뿐인가, 지금 나는 현지와 데이트를 하러 가는 길이다. 지금 막 교문을 벗어나는 중이다. 무릇 데이트란 남자가 먼저 나가서 기다리는 것이 예의다. 길 건너에 있는 킹덤도넛이 한눈에 들어왔다. 나는 교문에서 쏟아져 나오는 아이들을 향해 '모두 내 말 좀 들어보소! 나병승이 세상에서 제일 멋진 여자 마현지와 데이트를 한다네.'하고 미친놈처럼 외치고 싶은 심정을 가까스로 참는 중이었다. 그건 은근 수줍음 많은 현지가 원하지 않을뿐더러 수많은 경쟁자들의 심경을 건드리는 일이었다. 현지를 좋아하는 놈들이 어디 한둘인가 말이다. 그놈들이 떼로 뭉쳐서 덤비기라도 하는 날에는 뼈도 못 추릴 게 뻔했다. 내가 이종격투기를 좀 한다고 해도 여러 명을 한꺼번에 상대하기란 어불성설이다. 그런데 그런 놈들을 모두 제치고 내가, 나, 나병승이 현지와 데이트를 목전에 두고 있었다. 이래저래 나는 현지와의 첫 데이트 때문에 가슴이 뻐근해져 왔다.

"킹덤도넛 가냐?"

가영이가 어깨를 툭 치며 지나갔다.

"응, 으응……."

나는 괜히 뜨끔해 움찔했다. 가영이는 내 대답은 더 들을 것도 없다는 듯 정차 중인 학원버스로 냉큼 올라가버렸다. 도대체 가영이는 내가 킹덤도넛에 가는 걸 어떻게 알았을까? 현지와 나만의 은밀한 약속을 가영이가 알고 있다니 믿기지 않았다. 현지가 이러쿵저러쿵 까발리고 다닐 리 만무했고, 그렇다면 가영이가 엿들은 것일까? 아니 그것도 이상했다. 아까 미술실에는 분명 나와 현지 둘뿐이었는데 어찌된 일인지 모르겠다. 나는 되지도 않는 머리를 굴려 여러 가지 경우의 수를 따지기 시작했다. 하지만 이리 굴리고 저리 굴려도 시원찮은 답이 나오지 않았다. 역시, 생각은 아무나 하는 게 아니었다. 나에게 생각이란 쥐약이나 다름없다. 곧 지진이 날 듯 머릿속이 복잡해졌다. 나는 당장 생각하기를 멈췄다. 대신 힘차게 킹덤도넛 문을 밀었다. 달콤한 도넛냄새와 쌉싸레한 핫초코 냄새가 부드럽게 스며왔다. 나는 핫초코 두 잔과 현지가 좋아할 만한 도넛을 신중하게 고르기 시작했다. 다행히 용돈은 두둑했다. 하긴 어제 받은 용돈이니 쓸 겨를이 없긴 했다.

"어머, 먼저 와 있었구나!"

때맞춰 현지가 들어왔다. 그리고 막 테이블에 놓인 도넛을 보고 곱게 나무랐다.

"뭐야? 이건 반칙이지."

"아무나 내면 어때."

"그래, 그럼 오늘만이다."

역시, 현지는 얼굴만큼이나 마음 씀씀이도 제대로 였다.

"자, 얼른 먹어."

현지가 손수 바바리안 크림도넛을 내밀었다. 나는 내 역사의 한 페이지를 화려하게 장식할 도넛을 차마 먹을 수 없었다. 하지만 여기서 티를 내는 건 더 쑥스러운 짓이었다. 그래서 도넛을 크게 한입 베어 물었다. 새콤달콤한 블루베리 맛이 혀끝에 감겼다. 더 할 수 없이 부드러웠다. 현지는 도넛대신 핫초코를 할짝댔다. 뽀얀 거품을 입술 가득 묻히고서. 나는 현지 입술에서 눈을 뗄 수가 없었다. 침이 꿀꺽 넘어갔다. 나는 그러는 자신이 원망스러웠다. 좀 더 당당하게 굴 수는 없을까 하는 생각이 들자 이번에는 발가락이 저 혼자 오물거렸다. 내 뇌가 정지된 게 아니라면 방전에 가까운 현상이 일어난 게 틀림없었다.

"병승아, 앞으로 쭉 도와 줄 수 있지?"

"당근, 힘쓰는 일이라면 뭐든 말해."

나는 최대한 자연스럽게 도넛을 삼켰다. 때맞춰 현지가 핫초코를 내밀었다. 그러면서 반장이라는 게 생각보다 힘들고 또 신경 쓰는 일이 한두 가지가 아니라며 고민을 털어놓기 시작했다. 나는 이번에야말로 진짜 감격했다. 어찌 감격하지 않을 수 있단 말인가! 그야말로 감격시대, 아니 감격의 도가니였다. 저토록 힘든 고민을 누구도 아닌 나한테, 이 나병승에게 털어놓고 있다니 어찌 감격하지 않을 수 있을 것인가. 나는 반장이 그렇게 어려운 일인 예전엔 미처 몰랐다. 그저 선생님들 심부름이나 하고, 숙제나 걷고, 행사가 있는 날이면 아이들 앞에서 폼 좀 잡으면 되는 줄 알았다. 그렇게 경험하지 못한 일을 쉽게, 혹은 다 아는 것처럼 굴면 안 되는 거다.

"병승아, 있잖아. 부탁이 있는데……."

"뭐든 말해!"

"응, 그게 말이야. 좀 어려운 일이라서 말이지."

현지가 말을 잇지 못하고 어려워했다.

"왜 그래, 우리 친구잖아. 자꾸 그러면 나 섭섭하다."

"그치? 우리 친구지?"

나는 행동으로 대답을 대신했다. 최대한 남자답게 가슴을 폈다. 그리고 사나이다운 포지션을 유지하기 위해 쩍벌남 자세를 취했다. 현지 입술을 응시했다. 아니 현지의 다음 말을 기다렸다.

"그니까 말이지……. 내일 우리반이 쓰레기 수거 봉사잖아."

"걱정 마. 말 안 듣고 딴 짓하는 자식들은 내가 싹 쓸어서 쓰레기봉투에 담아버릴 테니까."

현지가 아침 해처럼 얼굴을 환하게 밝히며 말했다.

"역시, 넌 뭘 좀 아는 애구나. 힘만 쓴 줄 알았는데 머리도 좋네."

세상에, 살다가 머리 좋다는 말을 다 듣다니. 그것도 현지에게, 그 누구도 아닌 현지에게 말이다. 나는 사나이다운 자세를 유지하려고 애썼다. 저 혼자 알아서 벌어지려는 가랑이에 힘을 꽉 줬다. 현지가 손을 내밀었다. 벌써 지난주에 이어 두 번째였다. 나는 도넛 곁에 얌전히 접혀 있는 티슈에 손을 닦았다. 혹시라도 도넛기름이 현지의 손을 묻는 불상사는 없어야 했다.

자꾸 하다보면 익숙해진다는 말은 이번 경우에는 맞지 않았다. 무슨 일에건 예외는 있는 법이다. 지금이 딱 그랬다. 현지 손은 잡고, 또 잡아도 떨렸으며 앞으로도 그러리라 짐작이 갔다.

"너, 진짜 남자구나. 그것도 뭘 좀 아는 젠틀맨이었어!"

현지가 이렇게 깔끔한 뒤처리를 하고 일어섰다. 나의 여신은 내일 보자는 달달한 말도 잊지 않았다. 킹덤도넛 창밖으로 봄볕이 무르익고 있었다. 때맞춰 살랑거리는 바람이 불자 현지의 흰 목덜미가 드러났다. 나는 불에 덴 듯 화끈해졌다. 영혼이 이탈하기 직전이었다. 세상에 기적이 없다고 믿는 사람이 있다면, 나는 그가 누구든 말릴 것이다. 기적은 있다. 방금 전 내가 체험했다.

나의 여신 현지가 검정색 세단 앞에서 걸음을 멈췄다. 언제 왔는지 예의 검정색 승용차가 킹덤도넛 앞을 거의 막고 있었다. 현지는 곧 차 속으로 빨려 들어갔고, 차는 모퉁이를 돌아 사라졌다.

용돈의 절반을 써버렸다. 남은 5월, 한 달을 어떻게 살아야 할지 잠시 걱정이 됐지만 곧 생각하기를 그만뒀다. 용돈과 바꾼 도넛을 저녁밥 대신 먹었다. 그날 밤, 저녁밥을 거른 나를 본 엄마가 심하게 압박을 가해왔다.

"이놈의 짜쓱아, 왜 밥을 안 처묵나 말이다."

"아, 도장에서 격투기 끝나고 피자 먹었다니까요!"

"피짜? 니가 피짜 한쪽 묵었다고 밥을 안 묵던 놈이었드나?"

엄마는 삐뚜름하게 눈을 떴다. 식구들의 심사를 가늠할 때 나오는 버릇이다.

"나병승이, 니 암만해도 냄새가 난다."

나는 대답하지 않았다. 종류별로 고른 도넛을 다 먹어 치우느라 속이 느글거렸기 때문이다. 여신과 도넛은 별 소용이 없는 조합인지 아까부터 배가 뒤틀렸다. 나는 현지와 함께 먹은 도넛이라면 며칠은 굶어도 될 줄 알았다. 배가 부른 것보다 알 수 없는 포만감에 든든했는데, 계속 이런 식이면 내일 아침은 진짜 굶어야 할지도 몰랐다.

현지가 잘 부탁한다던 내일이, 그러니까 다시 오늘이 됐다. 밤새 부글거리던 속은 새벽녘이 되자 잠잠해졌다. 나는 잠자리에서 일어나 '용솟음체조'를 시작했다. 거울 앞에 서자 자연스럽게 보디빌더의 자세가 나왔다. 양손을 어깨 높이로 벌리고 이두박근에 힘을 줬다. 울룩불룩한 근육이 섹시했다. 이종격투기를 배우기 잘했다. 나는 예리한 타인의 시선이 되기로 한다. 내가 아닌 다른 사람의 눈으로 거울에 비친 내 몸을 앞태, 뒤태, 옆태까지 구석구석 살폈다. 역시 멋있다. 나는 거울 속 병승이를 향해 용기를 북돋웠다. '나병승, 살아있네. 살아있어.' 그러자 거울 속 병승이가 어깨를 으쓱했다. 나는 그런 병승이가 무척 마음에 들었다.

아틀라스! 나는 지금 아틀라스가 되어 가는 중이다. 아직은 세상의 천공을 떠받치기에는 부족하지만 조만간 꼭 그렇게 되고 말 것이다. 우람한 어깨로 하늘을 떠받치고 있는 아틀라스, 얼마나 멋진 일인가! 지금 열나 빠르게 크고 있고, 앞으로는 더 확실히 클 것이 분명했으므로 모든 건 시간문제였다.

서둘러 아침을 먹어 치웠다. 지금은 밥이 문제가 아니었다. 나의 여신 현지의 미션이 급선무였다. 나는 학교를 향해 발걸음도 가볍게 집을 나섰다. 대문을 열자 쾌청한 아침 공기가 부딪쳐왔다. 깊게 숨을 들이마셨다. 근육들이 불끈거리며 뻗쳐올랐다. 나는 솟구쳐 오르는 에너지를 발산하기 위해 냅다 달리기 시작했다.

"병승아, 안녕!"

선드러진 현지의 목소리가 날아왔다. 현지는 벌써 쓰레기봉투랑 집게를 챙겨들고 현관 앞에 있었다.

"고마워. 이렇게 일찍 나와 줘서."

"머리 쓰는 일도 아닌데 뭐. 이런 건 식은 죽 먹기지."

순간 아차차 싶었다. 혹여나 현지가 나를 머리 쓰기 싫어하는 애로 생각할까 걱정이 됐다. 하지만 그건 기우였다.

"역시 내 눈이 틀리지 않았어. 너, 이종격투기도 한다면서? 대단하다, 정말!"

"아, 그거야말로 별 거 아니야."

나는 자꾸 내 의지와 상관없이 툭툭 터져 나오는 방언에 놀라는 중이었다. '그거야 말로 별 거 아니라니.' 그건 아니었다. 아틀라스를 꿈꾸는 내게 이종격투기는 그야말로 삶의 낙이자 의미였다. 나는 이두박근 병승이가 떠올라 저절로 어깨가 벌어졌다.

"별 거 아니긴. 머리 되는 애들이 운동도 잘 하더라."

"머리는 무슨……."

나는 이쯤에서 말문이 막혔다. 또 그 소리였다. 머리가 좋다니, 차라리 힘이 넘친다는 얘기가 백번 고마울 뻔했다. 나는 계속되는 현지의 칭찬에 괜히 무람했다. 그래서 서둘러 쓰레기 수거 봉투와 집게를 챙겨들고, 중구난방으로 까불고 있는 반 친구들에게 오늘의 활동을 지시했다. 학교 주변은 물론이고 교문 밖 상가까지 나가도 괜찮다는 언질도 주었다. 뭐, 어떻게든 쓰레기봉투만 채우면 그만이었다. 당연히, 오늘의 쓰레기 수거 봉사가 생활기록부의 봉사점수에 반영된다는 말도 잊지 않았다. 나는 현지의 몫까지 쓰레기봉투 1장을 더 챙겼다. 그리고 어제 저녁 격투기장에서 돌아오다 눈여겨 봐 둔 곳으로 달려갔다. 쓰레기는 최대한 가볍고 부피가 큰 것이 제일이었다. 나는 주택가 근처에 쌓여있는 쓰레기 더미로 다가갔다.

"나도 쫌 얻을 수 있어?"

언제 따라왔는지 가영이가 얼굴을 디밀었다. 나는 맛있는 걸 혼자 훔쳐 먹다 들킨 사람처럼 우물쭈물했다.

"왜? 안 돼?"

"그러든지, 여기 많네."

나는 한발 물러섰다. 그러자 가영이는 쓰레기봉투를 내 코 앞으로 바싹 디밀었다. 뭐야, 가영이 것도 내가 담아줘야 해? 나는 잠시 어처구니가 없었다. 그런데 더 어이없는 건 그 다음 내 행동이었다. 어느새 가영이 쓰레기봉투를 채우고 있지 않은가! 나는 골똘히 생각에 잠겼다. 그런데 아무리 머리를 굴려도 왜 내가 이러는지 알 수가 없었다. 아, 왜 나는 가영이만 만나면 생각이란 걸 하게 되는 걸까? 그것도 답을 알지 못하는 아리송한 답을 찾아 헤매는지 모르겠다. 나는 반쯤 담긴 쓰레기봉투를 가영이 앞으로 던져버렸다.

"나머진 네가 해."

"왜? 현지는 되고 나는 왜 안 되는데?"

계집애가 뭐라는 거야. 나는 기가 막혔다. 어떻게 나의 여신 현지와 여자 축에 끼지도 못한 자기를 비교할 수 있단 말인가? 비교할 걸 해야지. 하지만 어떻게 그 이야기를 내 입으로 꺼낼 수 있겠는가. 가영이도 자존심이 있는 여자가 분명했고 그건 사나이로서 있을 수 없는 일이었다. 어쨌든 그건 남자답지 못한 처사다.

"갑자기 나타나서 생트집이야?"

"알았어, 내가 하지 뭐."

가영이는 씩씩하게 남은 봉투를 채우더니 휭하니 가버렸다. 나는 괜히 똥 밟은 기분에 사로잡혔다. 그래서 냄새나는 쓰레기를 더 꾹꾹 눌러 담았다. 터질 듯 한 쓰레기봉투 2개를 한손에 들고 학교로 향했다. 개선장군처럼 걷고 싶었지만 맘처럼 되지 않았다.

"우아, 벌써 다 한 거야?"나의 여신 현지는 현명한 여자였다. 나를 본 현지가 환호했다. 마치 전장에서 돌아온 개선장군을 맞이하는 것 같았다. 그러니까 현지는 남자 기 살리는 법까지 알고 있는 여자였다. 나는 꿀꿀하던 기분에서 금방 탈출했다.

"자, 여기."

현지가 쓰레기 검수장을 내밀었다. 나는 군말 없이 검수장을 받았다. 현지는 쓰레기 검수장을 넘김으로써 반장의 권한을 잠시 내게 넘긴 것이다. 현지가 나를 신뢰하는 만큼 나도 잘하고 싶었다. 그래서 그 신뢰를 거절할 이유가 없었고, 또 현지의 노고를 덜어주고 싶은 생각도 없지 않았다. 마침 아이들이 하나 둘 쓰레기봉투를 들고 나타났다. 그런데 봉투를 채우지 못한 애들이 대부분이었다. 나는 한심한 생각이 들었다.

"이런 식으로 하면 우리반이 꼴등인 게 뻔하잖아. 그리고 니들 봉사점수도 채울 수 없다는 거 몰라."

"너 같은 애 때문에 고양이 쥐 생각한다는 속담이 생겼나보다. 누가 누굴 걱정해."

또 가영이었다. 하긴 가영이 말이 백번 옳았다. 내가 언제부터 이런 일에 목을 맸단 말인가. 하지만 상황이 바뀐 게 언젠데……. 어쩐지 내 앞에 닥친 벽을 넘어야 한다는 생각이 불시에 들었다. 그래서 이렇게 받아쳤다.

"고운사람 미운 데 없고, 미운사람 고운 데 없댔어."

내 입으로 말하기 참 쑥스럽지만 그야말로 우문에 현답이었다. 어쩌다 이런 멋진 말이 튀어 나왔을까 싶어 갑자기 내가 기특했다. 모두 잔소리꾼 엄마 덕분이었다. 이래저래 참으로 소중한 날이었다. 엄마의 소중함까지 깨닫게 된 아침이었으니까 말이다. 나는 절로 어깨가 으쓱해졌다. 입바른 가영이도 할 말을 잃은 모양이었다. '뭐래'하면서 쓰레기봉투를 툭 던져놓고 가버렸다.

"나병승, 나이스!"

쓰레기 검수가 끝나자 현지가 박수라도 짝짝 칠 기세였다. 나는 쑥스러움을 숨기려고 가슴을 더 쭉 폈다. 그리고 검수가 끝난 공책을 현지에게 건넸다. 우리는 쓰레기장을 떠나 천천히 교실을 향해 걸어갔다. 나는 또 발가락이 꼬물거릴 것 같은 기분에 휩싸였다. 현지와 둘만 있으면 자꾸 오줌이 마려울 때처럼 발가락 끝이 저릿했다. 다행히 현지가 먼저 말문을 열었다.

"이종격투기는 언제부터 했어?"

"엉? 한 2년쯤 됐나?"

이런 순 거짓말이었다. 이제 겨우 두어 달 돼 간다.

"진짜? 그럼 완전 수준급이겠네?"

"그렇지도 않아. 아직도 초보지 뭐."

진짜 초보니까 이번엔 거짓말은 아니다.

"궁금한 게 있는데 물어봐도 돼?"

나는 대답대신 현지를 쳐다봤다. 하지만 이내 고개를 떨궈야 했다. 갑자기 현지의 얼굴이 야릇하게 느껴져 고개를 들고 있기가 어려웠고, 따라서 발가락이 진짜 꼬물거렸기 때문이다.

"운동이라면 뭐든 잘하겠네?"

다행이다. 다행히 운동이라면 무슨 종목이든 웬만큼은 했다. 내 표정을 본 현지가 다 알았다는 듯 이렇게 말했다.

"나 진짜 고민 있었는데 이제 해결 된 거 같아."

"고민이 있었어?"

"응, 그런데 네가 벌써 해결해버렸어. 고마워."

"고맙긴……."

그러니까 고맙긴 도대체 뭐가 고마운 거냐고. 나는 당최 먼 소린지 알 수가 없었지만 무조건 고개를 끄떡였다. 지금 상황에서 말귀도 못 알아듣는 어리바리가 될 수는 없었다. 그렇게 몇 분간 나를 애 태우던 현지가 교실에 입성하기 직전에 그 고

마음의 정체를 털어놨다. 며칠 후에 있을 체육대회에 내가 꼭 필요하다는 것이었다. 아니 절대적이라고 강조했다. 그리고 너만 믿는다는 말도 빼놓지 않았다. 아, 나의 여신은 왜 이렇게 어려운지 모르겠다. 쉽고 간단한 문제를 스핑크스보다 더 어렵게 내는 능력을 가진 게 틀림없다. 뭐, 어떻든 나는 내 여신이 필요로 한다면 언제든 달려갈 준비가 된 몸이었다. 나는 가볍게 나만 믿으라고 해줬다.

드디어 체육대회 날이 됐다. 지난 열흘 동안 나는 현지의 아바타를 자처했다. 간혹 반 친구들의 질시와 질타, 항의가 이어졌지만 기꺼이 수긍했다. 또한 가영이로부터 현지의 똘마니, 따까리, 시다바리라는 같잖은 소리까지 들어야 했지만 그것 또한 가볍게 받아넘겼다. 남자가 한번 칼을 빼 들었으면 호박이라도 찔러야 하는 법이다. 남자의 순정이란 바로 그런 거니까, 당연했다.

"병승아, 끝까지 잘 부탁해."

"엉, 걱정 붙들어 매셔!"

나는 우렁차게 대답했다. 나는 스탠드에 앉아있는 아이들을 독려했다. 응원가를 선창하며 탬버린을 미친 듯이 흔들어댔다. 금세 손바닥이 얼얼했고, 목이 컬컬해왔다. 그런데 경기가 하나둘 끝나갈 때마다 뭔가 잘못되어 간다는 것이 느껴졌다. 오전에 발야구, 단체 줄넘기, 축구까지 줄줄이 예선탈락이었다. 지금 간신히 결승까지 올라 간 피구가 결승전을 치르는 중이었다. 거기에다 거만한 태양은 아직 머리 꼭대기에 있었다. 한껏 거드름을 피우면서 천천히 서쪽으로 발을 옮기는 중이었다.

"뭐야? 피구도 졌어!"

현지가 속상해 미치겠다는 듯 쏘았다. 나는 탬버린을 슬그머니 내렸다. 하는 경기마다 족족 지는 것이 내 탓도 아니건만 왠지 기운이 빠지면서 심하게 눈치가 보였다.

"야, 응원이라도 열심히 해야 할 거 아냐!"

나의 여신이 야즐댔다. 나는 탬버린을 기운차게 흔들 마음도, 기력도 남아 있지 않았다. 하지만 다시 한번 힘 찬 몸짓을 해야만 했다. 퍼뜩 조금 슬펐다. 현지가 속상한 것이 슬프고 현실이 맘처럼 되지 않아 속상했다. 어떻게든 목청을 돋으려는 순간 현지가 쏘아봤다.

"미쳐! 너, 이어달리기 해야잖아."

"으 웅, 그렇지…….'

나는 목에 걸린 노래를 꿀꺽 삼켜버렸다. 탬버린도 슬그머니 내려놓았다. 출발선으로 가는 발걸음이 무거웠다. 그리고 출발선에 섰고, '탕' 소리와 함께 총알처럼 뛰어나갔다.

거기까지가 내 기억이다. 그 다음은 생각나지 않는다. 솔직히 기억하고 싶지 않다. 그래서 깡그리 지워버렸다. 아니 지우려고 무지 애를 썼다. 하지만 지워지지 않았다. 도리어 깊이 파이고, 파이더니 드디어는 깊이 각인되고 말았다. 잔인한 슬로비디오는 내 맘과 다르게 저 알아서 아무 때나 돌아갔다. 그러니까 그때 나는 출발을 알리는 '탕' 소리와 함께 총알처럼 뛰어나갔다. 물론 나는 단연 선두였다. 2등으로 달리고 있는 다른 반 친구와의 격차가 상당했다. 이대로만 남은 주자들이 달려준다면 우리반이 일등이었다. 지금까지의 모든 상황을 뒤집을 수 있는 마지막 기회였다. 역전의 가능성이 눈앞에 보였다. 그것도 그 반전의 주인공이 바로 나라는 사실에 짜릿했다. 그런데 배턴터치를 하려고 우리반 아이를 찾았을 때 다음 주자가 보이지 않았다. 대신 현지가 내 눈을 확 잡아끌었다. 그것뿐이었다. 단지 현지를 쳐다본 것뿐이었는데 나는 발을 삐끗했고, 잔뜩 긴장하고 있던 다음 주자는 배턴을 놓치고 말았다. 그 다음 장면은 더 이상 생각하고 싶지 않다. 그러니 당연히, 역전은커녕 우리반이 꼴등이었다. 체육대회가 끝나자 내 인생도 종을 쳤다. 나의 여신 현지는 그날 이후 나를 거들떠보지도 않는다.

오늘 자리를 바꿨다. 짝꿍이 바뀐 건 당연한 일이었다. 나는 다시 가영이의 짝꿍이 됐다. 내가 옆자리에 앉았을 때, 가영이는 이렇게 쏘알댔다.

"단물 빠진 껌도 껌이냐?"

나는 만사가 귀찮아 대답하지 않았다. 책상에 팔을 뻗은 채

길게 누워버렸다. 늘어지게 잠이나 한숨 잘 참이었다. 가영이가 그런 나를 보더니 혀를 끌끌 찼다. 계집애, 숫제 어른 행세였다. 지가 내 누나도 아니고, 엄마도 아니고 아무것도 아닌 주제에 말이 많았다. 솔직히 기분이 몹시 나빴지만 내버려뒀다. 그러자 가영이도 더 이상은 건드리지 않았다.

지루하게 흐르던 하루가 드디어 끝났다. 나는 격투기 도장에 갈 가방을 챙겨 들고 교문을 빠져나왔다. 그때 횡단보도 앞에 있는 준석이가 눈에 들어왔다. 녀석은 연신 싱글거리고 있었다. 당연했다. 오늘 준석이는 현지의 부름을 받아 짝꿍이 됐다. 분명 나를 봤을 텐데도 본숭만숭했다. 그러더니 황급히 횡단보도를 건너갔다. 준석이는 킹덤도넛을 향해 달려가는 중이었다. 나는 멍하니 그 애의 뒤통수를 쫓았다. 흥분해 휩싸여 도넛을 주문하는 준석이를 멀건이 쳐다보다 쓸쓸히 돌아섰다.

어쨌든 현지 사랑에는 유효기간이 있는 모양이었다. 난 3개월짜리 첫사랑을 마쳤다. 내 첫사랑은 순식간에 왔다가 순식간에 끝나버렸다. 가슴이 뻥 뚫리고 쓰라렸다. 또 누가 뭐래도 나는 내 사랑에, 최소한 내 감정에 충실하고 당당했으니까 그거면 됐다. 남자의 순정이란 그런거니까 말이다. 근데 왜 눈물이 나는 거냐고. 세상에 남자는 태어나서 세 번만 울어야 한다는데, 그건 순 거짓말이다. 이렇게 쓰리고 아픈데 울지 않으면 그게 어디 인간인가 말이다. 나는 저 알아서 흘러내리는 눈물을 내버려뒀다. 그날 저녁, 엄마는 위로랍시고 이런 말과 함께 시를 내밀었다.

"문디 가시나, 확 죽이삐까? 어찌 우리 아들을 요래 쪽팔리게 하노 말이다."

아, 쪽팔렸다. 엄마가 그렇게 말하지 않아도 진짜 쪽팔리는 중이었다.

"아이고, 우리 병승이가 이제 진정한 남자가 될랑갑다."

그러면서 엄마가 내민 시는 이랬다.

사랑하는 것은
사랑을 받느니보다 행복하나니라
오늘도 나는 너에게 편지를 쓰나니

그리운 이여 그러면 안녕
설령 이것이 이 세상 마지막 인사가 될 지라도
사랑하였으므로 진정 나는 행복하였네라

아, 촌스럽다. 진짜 촌스러운 시였다. 요즘 누가 시를 읽고 편지를 읽는단 말인가. 그리고 또, 또……. 어쨌든 이건 엄마식 처방이었다. 엄마는 첫사랑의 열병을 앓았을 때 저 시를 읽고 또 읽으며 실연의 상처를 달랬으며, 그리하여 오늘날에 이르렀음을 강변했다. 아무튼 엄마의 정성을 봐서 나는 한 번 더 읽는 척했다. 엄마는 시를 읽는 내게 마지막으로 이렇게 일갈했다.

"지금은 쪽팔리도 담에는 다 추억이 될 기다, 걱정마라."

어째 위로가 되는 것 같기도 하고 영 아닌 것 같아 아리송했다. 나는 지금이야말로 아틀라스, 진정한 아틀라스가 될 절호의 기회라는 생각이 들었다. 아니 꼭 그래야만 했다. 나만의 무게를 견딜 줄 아는 진정한 남자, 천공의 무게까지 고스란히 받칠 수 있는 그런 아틀라스가 되어야 했다. 그가 간절히 그리운 밤이었다. 나는 잠시 머뭇거리다 거울 앞에서 웃통을 벗었다. 자식, 역시나 멋있었다. 하지만 거울 속에는 실연에 무너진 어린 영혼도 함께 있었다. 어쨌든 나는 사랑에 눈이 멀었다. 현지에게 빠져있을 때 나는 어떤 고민에도 탈출구가 보였다. 뭔가 미심쩍더라도 사랑 뒤에 숨겨진 진짜 문제를 거부하려고 했다. 그러나 현지의 사랑이 끝났을 때, 나는 한숨지을 수밖에 없었다. 당시 왜 그랬는지 엄마 말처럼 시간이 지나면 먼 훗날에는 알 게 될지도 모를 일이었다. 하지만 지금 당장 죽을 것처럼 아팠다. 지금도, 그리고 내일, 모레도 계속될 그 많은 시간들을 어떻게 버텨야 할지 막막했다. 이제 사랑은 과거완료형이 됐고 현실은 여전히 현재진행형이 아닌가 말이다. 나는 보이지 않는 답을 찾아 머리를 쓰기 시작했다. 생각이 꼬리에 꼬리를 물고 밤이 이어졌다.

첫사랑 뽀샵 중

비뚜름한 보도블록을 밟는 순간 아차 싶었다. 보도블록이 쿨럭하고 고인 물을 뱉어냈다. 보도블록은 이틀 동안 내린 비를 한껏 머금고 있었다. 순식간에 누런 흙탕물이 운동화를 덮쳤다.

'우씨, 재수 없어!'

미솔이는 얼굴을 확 구겼다. 신발에 고인 물이 기분 나쁘게 질척댔다. 비는 주말 내내 세차게 퍼부었다. 봄비답지 않았다. 미솔이는 우산을 젖히고 하늘을 살폈다. 낮게 깔린 먹구름이 서서히 밀려나면서 빗발이 약해졌다. 하지만 비는 계속 내리는 중이었다.

어느새 교문 앞이었다.

"미솔아, 완전 대박이야. 대박!"

교문앞에서 이제나저제나 미솔이를 기다리던 세진이가 계단을 쏜살같이 내려왔다.

"대박은 무슨, 완전 쪽박이다. 쪽박……."

"얘가 무슨 소리야, 대박이라니까!"

세진이가 감격에 겨운 목소리를 내며 미솔이 목에 매달렸다.

"삼촌의 끈질긴 데이트 신청에 드디어 현경이 이모가 승낙을 했다니까!"

"데이트 신청?"

"내가 뭐랬어. 느낌이 팍 왔다니까. 다음 주 일요일에 사진 찍으러 간대잖아."

이런, 엄마에게 한 방 먹었다. 엄마는 주말 내내 평상시와 똑같은 얼굴을 하고 있었다. 심지어 오늘 아침에도 여느 날과 다르지 않았다. 미솔이는 팽팽하게 당겨져 있던 시위가 '탕'하고 끊어지는 소리를 들었다. 가슴 속 울림통에서 나는 소리는 깊고 아팠다.

"그래서?"

"뭐가 그래서야? 너네 이모하고 우리 삼촌하고 잘 되면 우리 친척 되는 거잖아."

미솔이 목에 매달린 세진이가 계속 총총 뛰었다. 미솔이는 숨이 컥 막혔다. 친척은 무슨! 우린 사돈이 되는 거라고, 이 바

94

보야. 아니다. 세진이 말이 맞다. 원래는 사돈이 되는 거지만, 그러니까 세진이랑 사촌이 되는 건가? 미솔이는 무지 헷갈렸다. 귀찮은 강아지를 떨궈내 듯 촐싹대는 세진이를 밀어냈다.

"친척은 무슨, 데이트 한 번에?"

"얘는! 하룻밤 몰라, 하룻밤? 하룻밤에도 만리장성을 쌓는 게 남녀 사이잖아."

세진이가 몸을 비비 꼬며 야리한 눈길을 보냈다. 엄마가 그럴 줄 몰랐다. 천둥치는 운명 좋아하네. 믿는 도끼에 발등 찍힌다는 옛말이 왜 생겼는지 알겠다. 미솔이는 넘치기 직전의 주전자처럼 가슴팍이 끓어올랐다.

"그건 사랑에 대한 예의가 아니지!"

"엥, 사랑에 대한 예의? 그리고 미솔이 네가 사랑을 알아?"

세진이가 어이없는 얼굴을 했다. 교실 앞 현관이 코앞에 바싹 다가와 있었다.

"미솔이라면 그럴지도 모르지. 쟤 짝사랑 전문가잖아."

그때 걸걸한 목소리 하나가 불쑥 끼어들었다. 민병이었다. 변성기에 접어 든 녀석의 목소리는 삐걱대는 경첩처럼 불협화음을 만들어냈다. 미솔이는 마구 솟구쳐 오르는 짜증을 간신히 누르고 낮게 한마디 했다.

"야, 이민병. 좋은 말 할 때 빠져!"

민병이가 어깨를 으쓱했다. 당번인지 커다란 쓰레기봉투를

든 채였다. 아침 일찍부터 머리 손질을 했는지 구제불능의 곱슬 머리가 좍 펴져 있었다. 중학생이 되고부터 민병이는 부쩍 외모에 신경 쓰는 눈치였다. 어떤 날은 교복 안에 색깔 티셔츠를 입고 오기도 했고, 또 어떤 날은 남자 스킨인지 향수인지 모를 냄새를 폴폴 풍겨 여자애들을 질색하게 만들었다. 빈 깡통처럼 요란한 저런 자식이 하필 할머니 친구의 손자라니, 정말 한심하기 짝이 없었다. 미솔이는 빗물에 젖은 운동화를 벗어 민병이를 향해 힘껏 날렸다. 하지만 민병이가 한발 빨랐다. 녀석은 잽싸게 쓰레기봉투를 들어 몸을 피했다. 민병이가 홱 몸을 돌려 걷기 시작했다. 그러자 쓰레기봉투가 덩달아 저만치 멀어져갔다.

미솔이는 요즘, 순간의 선택이 평생을 좌우한다는 말을 뼈저리게 느끼고 있는 중이다. 세진이가 엄마를 처음 봤을 때, 그때 분명하게 엄마라고 했으면 모든 일이 이렇게 꼬이지는 않았을 것이다. 하지만 그때는 너무 어렸다. 중학생이 되고 보니 초등학생은 철모르는 아이에 불과한 시절이었다. 그러니 세진이가 엄마를 처음 만났을 때, 미솔이도 세진이만큼 철부지였던 거다. 지금은 분명 세진이와 급이 다르지만 말이다. 하지만 그때 미솔이는 세상에서 가장 조숙한 아이, 아니 성숙한 여자라고 자부했었는데 아니었다. 그건 그냥 착각이었던 모양이다. 그때 한 빤한 거짓말에 걸려 지금은 꼼짝도 못하고, 오도가도 못하는 딱한 처지가 되고 말았다. 보호막인 줄 알고 쳤던 거미줄이 온몸을 옥죄어 오는 포승줄이 될 줄을 그때는 미처 알지 못했다. 미솔이는 이래저래 입맛이 썼다. 젖은 운동화를 신발장에 쑤셔 넣었다. 하루치 에너지를 몽땅 써버린 것처럼 헛헛했다. 휑한 머릿속으로 순간의 선택을 했던 그때가 스쳐지나갔다.

작년 10월, 그러니까 벌써 6개월 전이다.

미솔이와 친구들은 그때 초등학교의 마지막 추억이 될 앨범에 들어갈 사진을 찍는 중이었다. 그런데 하필 망고스튜디오가 그 일을 맡았다. 망고스튜디오! 미솔이와 엄마의 유일한 생계 수단인 동시에 외할머니의 삶이 고스란히 담긴 곳이다. 사실 망고스튜디오는 사정이 점점 나빠지고 있었다. 웬만해서는 사진을 찍겠다고 오는 손님이 없었다. 기껏해야 증명사진이나 여권 사진 정도가 고작이었다. 그나마 앨범 작업도 할머니가 발 빠르게 움직여 가능한 일이었다. 그러니까 다시 말하자면 사백여 명이 넘는 아이들의 앨범 작업을 엄마와 할머니가 하게 됐다는 말이다. 그런데 그게 고난의 시작일 줄 그땐 미처 몰랐다.

드디어 사진 찍는 날, 사건은 꼬리에 꼬리를 물고 일어났다.

"와, 이모 완전 미인인데요."

붙임성 좋은 세진이는 벌써 엄마랑 친구라도 먹을 기세였다. 카메라 앵글을 들여다보던 엄마가 빙그레 웃었다. 그러자 세상에서 제일 예쁜 보조개가 피어났다. 미솔이는 순간 질투에 눈이 멀었다. 그래서 하마터면 '엄마, 그렇게 웃지 말라고 했지.' 할 뻔 했다. 하지만 간신이 위기를 모면했다.

"미술이 이모니까, 저도 이모라고 불러도 되죠?"

세진이가 미술이와 엄마를 번갈아 쳐다봤다. 미술이는 떨구고 있던 고개를 들어 엄마를 봤다. 엄마가 그런 미술이를 빤히 쳐다봤다. 엄마는 대학을 갓 졸업한 언니처럼 앳돼 보였다. 짧게 자른 단발머리가 어깨쯤에서 찰랑댔다. 엄마가 '미술이 너 뭐야.'하는 얼굴을 했다. 미술이는 그런 엄마의 눈길을 차마 볼 수가 없어 고개를 떨궈버렸다.

"세진이는 주근깨가 귀여운데……."

주위를 뱅뱅 돌고 있던 민병이가 이때다 싶었는지 잽싸게 끼어들었다. 하긴 세진이의 파운데이션이 좀 과하긴 했다. 광대 근처에 깨알 같이 돋아 난 주근깨가 흔적도 없이 사라져있었다.

"뽀샵해 줄게. 얼굴 씻고 와."

"저, 뽀샵하면서 얼굴 라인도 깎아주면 안 될까요?"

세진이가 본색을 드러냈다. 마치 그 말을 하려고 일부러 파운데이션을 바른 것처럼 굴었다. 다행히 엄마는 미술이를 쳐다보지 않고 웃는 얼굴로 오케이 사인을 보냈다.

"이모 완전 호감이다. 당연히 남친 있겠지?"

"남친은 무슨?"

"설마, 없어?"

"글쎄 나야 잘 모르지……."

"우와, 잘 됐다."

"잘 되긴 뭐가?"

"미솔아, 우리 삼촌 소개 시켜주자."

미솔이 가슴이 쿵 내려앉았다.

"삼촌?"

"너 사거리 약국알지? 거기 약사가 우리 외삼촌이잖아."

'잠깐만, 이게 무슨 소리인가. 그러니까 코난 도일이, 남도일 씨가 세진이 삼촌?' 순간 머릿속에서 마른번개가 번쩍하고 지나갔다. 침착, 도미솔 침착하자고. 뭐지, 뭐지. 생각이 꼬리에 꼬리를 물고 이어졌다. 순식간에 머리가 하얗게 되면서 실타래처럼 얽히기 시작했다. 가만 가만, 여기서 자칫 세진이가 알고 있는 이모가 미솔이 자신의 엄마라는 걸 알게 되는 날이면, 그것도 자신이 미혼모의 딸이라는 걸 알게 된 순간 세진이 입이 가만있지 않을 것이다.

"아, 맞다. 우리 이모 지난주에 맞선 봤다!"

"요즘 누가 촌스럽게 선을 보니?"

세상에, 도일 씨를 엄마에게 소개 시킬 수 없는 일이었다. 어떻게든 막아야 했다. 그렇다고 벌써 엄마를 이모라고 했는데 이제와 사실을 밝힌다는 건 말이 안 됐다. 필시 거짓말쟁이가 되고 말 것이었다.

"우리 이모 독신주의자일 걸."

"시끄럽고, 내일 이모 사진 가져와."

세진이는 단호했다. 단호할 뿐만 아니라 적극적이기까지 했다.

"야, 독신주의 그거 아무나 하는 말이야. 특히 나처럼 예쁠수록 말이야. 그래야 여자로서 더더욱 진가가 높아지는 거거든."

미솔이는 기가 찼다.

"그리고 소개팅이라는 것은 하면 할수록 확률이 높아지는 법이야."

"쳇, 확률은 무슨. 사랑은 그런 거 아니거든!"

미솔이가 기가 막혀 한마디했다. 아직 짝사랑도 못해 본 세진이가 사랑에 대해서 뭘 안단 말인가. 세진이는 그러거나 말거나 제 할 말만 했다.

"얘가, 뭘 몰라요, 사람은 사람을 많이 만나야 사람 보는 눈이 생기는 거라니까."

미솔이 머릿속이 빠르게 움직였다. 선택이 필요했다. 미솔이는 갑자기 꼬인 상황이 안타까웠다. 하지만 어쩔 수 없었다. 세진이에게 미안하지만 사진만 살짝 보여주고 엄마에게 말하지 않으면 그만이었다. 그런데 사랑의 메신저를 자처한 세진이가 발 빠르게 움직였고, 사진을 본 도일 씨는 엄마에게 가끔씩 전화를 걸어왔다. 미솔이는 순간의 선택을 그렇게 했다. 정말이지 모든 건 한순간이었다.

 오후가 되자, 엷은 햇살이 내렸다. 삐득거리는 운동화에 발을 넣었다. 덜 마른 모래가 맨발에 서걱댔다. 어제까지 멀쩡하던 풍경이 오늘은 모두 낯선 느낌으로 다가왔다. 미솔이는 길게 늘어 난 그림자를 앞세우고 걸었다. 눈앞에 사거리 약국이 가까워지고 있었다. 육교를 천천히 올라갔다. 오전까지 내린 비로 육교 난간이 얼룩덜룩했다. 미솔이는 약국이 훤히 내려다보이는 난간에 기대섰다. 도일 씨는 보이지 않고 약국 카운터만 눈에 들어왔다.

"야, 너 맨날 여기서 뭐하냐?"

언제 쫓아왔는지 민병이가 불쑥 끼어들었다.

"신경 꺼!"

"누가 모를 줄 알고."

 아, 저 자식이 자꾸 뭘 안다는 걸까. 미솔이는 아침에 민병이가 한 말이 떠오르자 바짝 신경이 쓰였다. 민병이가 투덜거리며 육교를 내려갔다. 아침에 빳빳했던 머리카락이 어느새 고불고불하게 말려있었다. 역시나 구제불능 악성 곱슬머리였다. 육교를 내려간 민병이가 미솔이를 향해 돌아섰다. 미솔이가 빈주먹을 날렸다. 그러자 민병이가 강편치라도 맞은 양 가슴을 부여잡았다. 그러고는 혀를 날름대며 약국 건너편에 있는 영어학

원으로 들어가 버렸다. 미솔이는 육교 난간에 몸을 실었다. 그러자 작년 여름, 도일 씨를 처음 만난 그날이 떠올랐다. 벌써 가슴이 설레었다.

그날은 사거리 약국에 할머니 심부름을 가던 날이었다. 초등학교 마지막 여름방학이 코앞이었고, 모기가 극성을 부리던 때였다. 미솔이는 약국 문을 힘차게 밀었다. 하지만 만화책에 코를 박은 약사 아저씨는 손님이 오는 줄도 모르고 있었다. 미솔이는 약 사는 것을 잠시 미루기로 했다. 만화책이라면 미솔이도 마다하지 않았다. 마다하지 않다 뿐인가, 책이 잠을 부른다면 만화책은 정신을 맑게 하는 한 잔의 차와 같았다. 그래서 아저씨를 방해하지 않기로 했다. 약국의 한 면을 차지한 잡지꽂이에는 만화책이 가득했다. 미솔이는 신중하게 만화책을 골랐다. 그리고 약사 아저씨 옆에 앉아 말없이 '명탐정 코난도일'에 빠져 들기 시작했다. 한참을 그렇게 앉아있었던 거 같다. 마지막 장을 탁 덮던 약사 아저씨가 크게 기지개를 켰다. 으구구 소리를 내며 몸을 일으키던 약사 아저씨와 미솔이 눈이 마주쳤다. 약사 아저씨가 해맑게 웃었다. 마치 친구 같은 웃음이었다. 가지런한 이가 보기 좋았다.

"너 명탐정 코난 좋아하는구나?"

"예?, 예."

얼결에 대답을 한 미솔이가 약사 아저씨를 올려다봤다. 그런데 세상에나, 진짜 남도일이 미솔이 앞에 딱 버티고 서 있었다. 미솔이는 약사 아저씨 가슴팍을 뚫어져라 쳐다봤다. 아저씨의 시선도 덩달아 미솔이를 따라 자신의 이름표에서 딱 멈췄다.

"진짜 남도일이에요?"

"흠, 난 남도일이고, 진짜 코난 도일 팬이야."

그러더니 만화책을 다 볼 수 있게 해 준 보답이라며 코코아를 한잔 줬다. 지글지글 끓는 여름날에 무슨 코코아냐고, 참 센스 없는 아저씨라고 생각했지만 코코아는 의외로 달콤했다. 그리고 조금 쌉쓰름했다.

그 후로, 미솔이는 쥐가 풀방구리 드나들 듯 약국을 들락거렸다. 물론 만화책을 섭렵하기 위해서였다. 에어컨이 빵빵한 약국은 독서를 하기에 그만이었다. 방학 마지막 날, 미솔이는 막대 아이스크림을 두 개 샀다. 아름답게 대미를 장식하기 위해서였다. 누군가에게 도움을 받았으면 그에 상응하는 보답을 해야 하는 것이 인지상정 아닌가. 물론 이렇게 거창하게 말하면 우습지만 어쨌든 약사 아저씨에게 고마운 건 사실이었다. 그런데 아이스크림을 빨던 아저씨가 문득 이런 말을 했다.

"미솔아, 우리 약국 평생회원해라. 네가 할머니 될 때까지 코코아랑 만화책 공짜로 해줄게."

미솔이는 피식 웃음이 났다. 할머니가 된 자신의 모습이라니 상상이 되지 않았다. 그런데 그때 왼손 검지가 따끔했다. 이상한 일이었다. 너덜너덜 헤진 만화책에 손을 베일 리가 없는데 분명 피가 났다.

"어, 잠깐만."

피를 본 아저씨가 바람처럼 약상자를 들고 왔다. 상처를 소독하고 분홍색 밴드를 붙여줬다. 미솔이는 갑자기 소낙비가 쏟아지는 것 같았다. 말간 대낮에 그것도 약국에 앉아서 듣는 소낙비라니 말도 안 됐다. 하지만 두두두 요란한 빗소리는 미솔이 심장을 강하게 두드려대고 있었다. 얼굴이 발갛게 상기됐고 발끝이 저릿거렸다.

미솔이는 그날이후 수첩을 하나 장만했다. 그리고 수첩에 밴드와 이모티콘을 붙이기 시작했다. 밴드의 색깔과 이모티콘은 그날그날의 기분에 따라 다양한 빛깔과 무늬를 만들어갔다. 미솔이의 첫사랑은 그렇게 시작됐다.

육교 난간을 붙잡고 있던 미솔이가 한숨을 푹 쉬었다. 벌써 그때 일이 아련한 옛일처럼 느껴졌다. 하긴 초딩과 중딩은 뭐가 달라도 다른 법이다. 미솔이는 올라갔을 때처럼 천천히 육교를 내려와 약국 문을 밀었다.

"아저씨, 보라색 밴드 주세요."

미솔이는 약국에 처음 온 아이처럼 굴었다.

"미솔이, 오늘 기분 별론거야?"

"아. 니. 거. 든. 요."

"그럼, 고백 받은 거?"

"쳇, 남의 속도 모르면서……. 일요일에 엄마랑 데이트 한다면서요?"

아차 싶었다. 미솔이는 심드렁한 척 했다. 자판기 쪽으로 걷는 발걸음이 자꾸 엇박자를 냈다. 만화책을 집어 들었지만 도무지 눈에 들어오지 않았다. 어느새 옆으로 온 도일 씨가 코코아 잔을 건넸다.

"응, 가까스로 반승낙 정도."

도일 씨가 환하게 웃었다. 바보 같이 이런 상황에서 가슴에서 두두두 소리가 났다. 정말 못 말린다, 도미솔. 정신 차리라고! 미솔이는 코코아를 홀짝댔다. 웬일인지 코코아가 밍밍했다. 코코아는 단맛은커녕 쌉싸래한 맛마저 느낄 수 없었다.

"엄마가 그렇게 쫀쫀하게 굴어요?"

"쫀쫀은 아니고 깐깐한 정도. 알다시피 이 정도면 엄청난 발전이지. 그동안 현경 씨가 계속 날 거부한 것에 비하면 말이야."

도일 씨 입가가 자꾸 벌어졌다.

"제가 도울 거 없어요?"

맙소사, 계속 헛발질이었다.

"진짜? 미솔이 응원에 용기가 막 솟구친다."

도일 씨가 양팔을 으싸했다. 으이구, 미쳐. 미솔이는 자리를 털고 일어났다. 만화책을 제자리에 꽂았다. 들고 있던 코코아 잔도 쓰레기통에 버렸다.

밖으로 나오자 쌀쌀한 바람이 코끝에 감겼다. 봄비라고는 해도 날이 풀리고 꽃이 피려면 아직 먼 모양이었다. 하긴 엊그제까지 눈이 내렸으니 아직 봄이라고 하기엔 일렀다. 눈이 비로 바뀌었다고 해서 새싹이 우르르 세상 밖으로 나오지는 않을 것이 분명해보였다. 미솔이는 모든 일에는 시간이 필요한 모양이라고 생각했다. 미솔이에게도 시간이 필요했다. 사랑을 쟁취하기 위한 시간, 미솔이는 어깨에 멘 가방끈에 손을 올리고 자신의 생각에 골몰했다. 사랑이 천둥치는 운명이든, 찾아나서는 것이든 도일 씨만은 포기할 수 없었다. 그것도 엄마의 연인이라니, 말도 안 됐다. 어느새 망고스튜디오가 눈앞에 다가와 있었다.

미솔이가 스튜디오 문을 밀었다.

"할머니, 어디 계셩?"

미솔이는 갈라져 나온 자신의 목소리에 흠칫했다. 민병이 목소리처럼 걸걸하지는 않았지만 다른 사람이 제 안에서 말을 하고 있는 것 같았다.

"여기, 여기. 할미 여기 있어."

할머니 목소리가 한껏 높았다. 할머니는 인화기 앞에 있었다. 윙윙거리는 기계에서 스캔 된 사진이 나오고 있었다. 할머니는 사진이 섞이지 않도록 비닐봉지에 담는 중이었다. 모처럼 '겨울사진 동호회'에서 작업을 한 모양이었다.

"할머니, 저녁에 데이트 있고낭?"

"아마도!"

할머니가 환하게 웃었다. 사자갈기 같은 머리 모양이 흔들렸다. 할머니는 손바닥만 한 헤어밴드로 황금색 머리카락을 붙들고 있었다.

"우리 미솔이, 눈치 하나는 짱이라니까. 할미 데이트 있는 건 어떻게 알았대?"

"할머니는 패션이죠, 패션!"

할머니가 미솔이 볼을 가볍게 짚었다 놓았다. 할머니는 민소매 티에 배기팬츠 차림이었다. 콧노래를 흥얼거리며 손을 탁탁 털었다. 마지막 사진이 비닐 속으로 들어갔다. 미솔이는 어깨에서 가방을 내리는 척하며 할머니 눈치를 살폈다. 하지만 할머니는 아직 엄마 소식을 모르는 눈치였다. 하긴 내숭 이백단인 엄마가 쉽게 속을 내보이지는 않을 것이다. 그나마 다행이었다.

"간식 줄까?"

"다이어트요."

"그럼, 여자에게 자기관리는 필수지잉."

할머니가 엄지손가락을 치켜세웠다. 미솔이는 살림집으로 연결된 계단을 오르기 시작했다. 계단에는 집과 스튜디오 어느 쪽에서도 보이지 않는 사각지대가 있다. 달팽이 속처럼 구부러진 그곳은 잠시 앉아 생각하기에 안성맞춤이었다. 미솔이는 그곳에 가방을 내려놓고 주저앉았다. 가방에서 수첩을 꺼냈다. 수첩을 펼치자 갖가지 표정의 이모티콘과 여러 종류의 밴드가 모습을 드러냈다. 밴드를 잔뜩 붙인 수첩은 배불뚝이가 되어가는 중이었다. 수첩 맨 앞장을 열었다. 처음으로 붙였던 스마일 이모티콘과 분홍색 밴드가 나왔다. 미솔이는 집게손가락을 들어 주위 깊게 살피기 시작했다. 혹시나 지난여름의 흔적이 있을까 싶어서였다. 하지만 개뿔, 손가락에는 흉터는커녕 보송보송 뽀얗기만 했다. 미솔이는 주머니에서 보라색 밴드를 꺼냈다. 비닐을 벗긴 밴드를 손가락에 돌려 감았다. 보라색 밴드가 감긴 손가락을 보자 처음 손을 베었을 때처럼 쩌릿했다. 수첩에 꺼이꺼이 울고 있는 이모티콘과 보라색 밴드를 붙였다.

다음날이었다.

"할머니, 어제 데이트 잘 했어요?"

"그건 비밀!"

할머니가 입술에 손가락을 댔다. 하지만 곧 할머니의 입이 벙글벙글했다. 데이트가 즐거웠던 모양이다. 할머니 얼굴에 생기가 돌았다.

"엄마는 데이트 안 해?"

미솔이는 엄마 눈치를 살피며 물었다.

"아참, 현경이 너 저번에 그 사람 어떻게 됐니?"

할머니가 너 잘 걸렸다는 듯이 엄마 쪽으로 다가섰다.

"무슨 말이에요?"

"약사라는 사람이 여러 번 전화했었잖니?"

"맞아, 세진이 삼촌이랑 어떻게 됐어?"

"그래, 우리 미솔이 성의를 봐서라도 데이트 한 번 해줘라."

"데이트는 무슨……."

역시 엄마를 만만히 봐서는 안 된다. 철썩 같이 약속해 놓고
선 저렇게 내숭을 떨다니 말이다.

"넌 애가 왜 그러니? 사람을 만나야 사랑도 하고, 사랑을 해
야 인생이 풍부해진다. 좀 여유를 갖고 자신의 삶을 살아도 누
가 뭐라고 안 해. 거기에다 이제 미솔이도 엄마를 이해할 나이
잖아. 안 그러니, 미솔아?"

할머니가 단숨에 말을 마치더니 혀를 끌끌 찼다. 미솔이는
전적으로 할머니 말에 동조한다는 듯 고개를 끄덕였다.

"사실, 일요일에……."

한참을 망설이던 엄마가 어렵게 말을 꺼냈다. 안 돼, 그걸 기
정사실화 해버리면 안 된다고. 아까는 내숭떠는 엄마가 그렇

게 얄밉더니 그새 또 엄마가 데이트한다는 말을 할까봐 가슴이 철렁했다. 미솔이는 자신에게 기가 찼다.

"엄마 할 일도 없는데 주말에 영화보자. 나 시험도 끝났어."

엄마가 미솔이를 빤히 쳐다봤다. 이런, 시험이 끝나기는 뭐가 끝났단 말인가. 중간고사가 코앞이었다. 그것도 중학생이 되고 처음 치르는 중간고사였다. 도미솔, 정신 차려!

"아니, 수행평가 말이야. 어쩌나 할 게 많은지 중학생 되고 나서 정신이 하나도 없었다니까."

"쯧쯧, 데이트도 안 한다면서 오랜만에 딸이랑 영화라도 봐라. 나는 내 딸이 일만 파고 사는 거 싫다. 밀린 일 있거든 내가 다 해줄게."

역시 할머니였다. 나이스 타이밍에 적절하게 치고 들어와 주다니 그저 고마울 따름이었다.

"딸이랑 보는 영화가 재미 있을라나?"

엄마가 묘하게 말끝을 올렸다. 미솔이는 도일 씨와 만나기로 했다는 시간에 맞춰 영화티켓을 예매했다. 영화 시간을 확인한 엄마는 여전히 별말이 없었다. 별수 없이 수첩에 인상 팍팍 쓴 이모티콘과 주황색 밴드를 붙였다. 요즘 계속 흐림이다.

일주일이 더디게 흘러갔다. 드디어 엄마와 도일 씨가 만나기로 한 날이 됐다. 미솔이는 영화 시간표를 확인했다. 그리고 아침부터 최대한 목소리를 높이고, 이것저것 옷을 입어 보면서 부산을 떨었다. 그런 미솔이를 보며 센스 있는 할머니가 한마디 거들었다. 역시 우리 미솔이는 이 할미 닮아 옷발이 좋다느니, 앞으로는 더 자주 엄마랑 영화를 보라느니 하면서 미솔이의 어색한 호들갑을 당연한 것으로 만들어줬다. 거기에다 맛있는 거 사 먹으라며 용돈까지 살뜰하게 챙겨줬다. 미솔이와 할머니가 맞장구를 치는 동안 엄마는 청바지를 입는 것으로 외출 준비를 마쳤다. 누가 봐도 엄마 보다는 이모나, 그것도 아니라면 언니라고 해도 믿을 만큼 앳돼보였다. 미솔이는 영 찜찜했지만 더 이상 까탈은 금물이었다. 할머니의 기분 좋은 배웅을 받으며 엄마와 미솔이는 백화점에 있는 영화관에 도착했다. 영화관은 사람들로 북적였다. 엄마와 팔짱을 낀 미솔이가 막 엘리베이터에 오르려던 찰나였다.

"현경 씨, 잠깐만요."

엘리베이터 안으로 뛰어 든 사람은 세상에, 도일 씨였다. 거기에다 도일 씨는 혼자가 아니었다. 세진이까지 달고 들어왔다. 상기된 얼굴을 한 도일 씨가 미솔이를 향해 손을 흔들었다. 미솔이가 엄마를 흘낏 쳐다봤다. 엄마 볼이 살짝 붉어지고 있었다. 미솔이는 아까부터 끼고 있던 엄마와의 팔짱을 슬며시 풀었다. 그리고 한 발짝 떨어져 섰다. 도일 씨가 기다렸다는 듯이 엄마 옆으로 쓱 다가 섰다. 도일 씨를 사이에 두고 엄마와 미솔이 사이에 짧고 강렬한 침묵이 흘렀다.

"계집애, 나한테 직접 연락하지. 꼭 혼자 잘난 척 해야 직성이 풀리지?"

세진이가 아니꼽다는 듯이 말을 질렀다. 미솔이는 꿀 먹은 벙어리가 됐다. 아니 벙어리 냉가슴을 앓아야 했다는 표현이 더 어울렸다.

"어쨌든 고맙다, 미솔아."

도일 씨가 미솔이를 향해 눈을 찡긋했다. 미솔이는 사태를 짐작했다. 사진을 찍으러 가겠다던 약속이 영화관으로 바뀐 것 뿐이었다. 미솔이는 발등을 찍고 싶었다. 엄마가 반승낙했다는 도일 씨 말이 떠올랐다. 그러니까 도일 씨와의 데이트를 망설이고 있던 엄마를 자신이 부추긴 셈이었다. 소사, 소사 맙소사! 미솔이는 할머니가 늘상 하던 말이 떠올랐다. '거름 피하려다가 똥 밟은 심정이' 이런 거구나 싶었다.

"미솔아, 영화 시작한대."

세진이가 다정하게 미솔이 팔짱을 껴왔다. 그리고 엄마와 도일 씨를 향해 '데이트 잘 하라'는 말을 아낌없이 난사했다. 엄마 옆에선 도일 씨가 바보처럼 벙긋벙긋 웃고 있었다. 미솔이는 그런 도일 씨를 보자 온몸의 세포가 소금물에 몽땅 절여진 것만 같았다. 온몸이 저릿저릿 쪼그라들었다. 서둘러 상영관으로 들어갔다. 적당히 어두운 실내가 그나마 고마울 따름이었다. 미솔이는 한 움큼씩 팝콘을 입안으로 밀어 넣었다. 옥수수 껍질이 목젖을 건드렸는지 눈물이 찔끔 났다. 입 안이 깔깔했다. 얼음이 둥둥 뜬 콜라를 마셔도 전혀 시원해지지 않았다. 세진이가 천천히 먹으라며 등을 두드려주었다. 그러더니 자기도 먹겠다며 팝콘을 냉큼 가져갔다. 영화 속에서는 명탐정 코난의 멋진 추리가 이어지고 있었다. 하지만 미솔이 머릿속은 전혀 다른 영화가 상영되고 있었다. 당연했다.

영화가 끝났다. 세진이가 옆에서 코난 멋지다며 쉴 새 없이 쫑알댔지만 미솔이는 홀로 외로웠다. 그리고 오롯이 혼자였다. '사랑에도 시기가 있을까? 만약 사랑에 시기가 있다면 언제쯤일까? 또 사람들은 그걸 어떻게 알까?' 그러다 미솔이는 자신의 생각에서 빠져나왔다. 사랑에 시기란 없다. 도일 씨가 아무런 예고 없이 자신의 마음속에 찾아드는 걸 보면 확실히 그랬다. 그러니까 아무도 그게 언제일지 모르는 거다. 엄마는 사랑이 천둥치는 운명이라고 했다. 그리고 할머니는 사랑은 쟁취하는 거라고 했다. 하지만 미솔이는 사랑이 '요정의 신발코'라는 뜬금없는 생각이 들었다. 사랑의 길잡이가 되어주는 요정의 신발코가 언제, 어디로 향할지 아무도 모르기 때문이다. 그건 요정만이 알 뿐이다.

수첩에 눈물이 주르륵 떨어졌다. 미솔이는 한참을 꺼이꺼이 울었다. 그리고 수첩에 눈알이 빙글빙글 도는 이모티콘과 다홍색 밴드를 붙였다.

봄빛이 무르익어 가는 나른한 일요일이었다. 영화관 사건 이후 시간은 속절없이 흘러갔다. 시간은 남의 아픔 따위는 아랑곳없이 그렇게 무심하기만 했다. 그사이 도일 씨와 엄마는 거의 매일을 만나는 눈치였다. 엄마는 하루가 다르게 웃음이 많아지고 수다스러워갔다. 오늘도 도일 씨와 약속이 있다면서 새벽 같이 나갔다.

미솔이는 미루고 미루던 일을 오늘 결행하기로 했다. 바로 자신의 첫사랑에 애도를 표하기로 한 것이다. 도일 씨를 향한 아련한 미련과 시도 때도 없이 서성이는 그리움에 깔끔하게 작별을 고할 참이었다. 육교를 향해 계단을 하나씩 밟아 올라갔다. 약국이 내려다보이는 자리에 서자 새삼 마음이 저려왔다.

그때 약국 문이 빠끔 열렸다. 미솔이는 하마터면 엄마하고 부를 뻔했다. 약국에서 나온 사람은 다름 아닌 엄마였다. 도일 씨가 그 뒤를 따라 나왔다. 엄마는 단발머리를 찰랑거리며 도일 씨를 향해 활짝 웃으며 돌아섰다. 엄마가 저토록 환하게 웃다니, 미솔이는 가슴이 찌르르했다. 방금 전에 전에 저림과는 다른 찌르르함이었다. 벌써, 진즉에 저울추는 엄마 쪽으로 확 기울어져 있었다. 미솔이는 새삼 그 사실을 온몸으로 절감했다. 그저 자신만 아닌 척, 모른 척 했던 것뿐이었다. 몸에서 힘이 빠지면서 다리가 휘청했다. 간신이 육교 난간을 잡았다. 어디서 주워들었는지 어느 날 세진이가 뜬금없이 이런 말을 했다. "사랑은 교통사고 같은 것이래." 세진이 말이 맞았다. 교통사고……. 사랑은 불시에 찾아와 일상을 뒤흔들고 마는 불의의 사고와 같았다. 미솔이는 물파스가 들어갔을 때처럼 눈이 싸했다. 왠지 억울하고 분했다. 하지만 미솔이는 정말이지, 이쯤에서, 진정으로 자신의 도일 씨와 작별해야만 했다. 마지막 남은 자존심이었다. 그런데 주책없이 눈물 섞인 콧물이 후두둑 떨어져 내렸다. 아, 후져도 이렇게 후질수가 없었다. 세상 멋없었다. 영화 속 주인공처럼 멋지게 사랑을 끝내고 싶었는데 끝까지 별로 아름답지도 멋스럽지도 않았다. 미솔이는 오랫동안 육교에 홀로 서서 이루지 못한 자신의 짝사랑을 되씹었다.

그런데 이건 또 무슨 조화 속이란 말인가. 사랑을 잃어 이렇게 슬픈데 세상은 아무 일 없다는 듯 멀쩡하게 돌아가고 있었다. 허구한 날 바라보던 거리도, 육교 밑으로 쌩쌩 달리는 자동차도 그대로였다. 허무하기 짝이 없었다. 미솔이는 슬픔이 곁들여진 허무까지 곱씹으며 육교를 내려왔다. 그리고 천천히 걷기 시작했다.

그날 저녁, 수첩에 빨간색 밴드를 붙였다. 이모티콘은 더 이상 그려 넣을 수가 없었다. 콧물 범벅인 눈물이 또 쏟아져 수첩을 적셔버렸기 때문이었다. 육교에서 충분히 진상을 부렸음에도 불구하고 아직은 깔끔한 뒷정리는 무리인 모양이었다.

여름이 다가오고 있었다. 그동안 참 많은 일이 있었다. 미솔이는 오랫동안 마음속에서만 궁글리고 있던 일을 드디어 해결했다. 아니 해야만 했다. 며칠 전 세진이에게 우리 이모는 이모가 아니라 엄마라고 조심스럽게 말을 꺼냈다. 힘껏 용기를 내고, 쥐어짜다시피 어렵게 말했다. 그런데 세진이 반응은 전혀 뜻밖이었다. 모든 것을 알고 있었단다. 삼촌이 가족들에게 폭탄선언을 했고, 그 일로 한바탕 난리가 났지만 지금은 모두 수긍하고 인정한다고 했다. 물론 세진이도 놀라긴 했지만 미솔이 네 마음도 이해한다고 제법 어른스럽게 굴었다. 그리고 오늘 드디어 미솔이는 작심한 일을 실행에 옮기기로 했다. 첫사랑 도일 씨와의 모든 것을 뽀샵 혹은 리셋하기로 한 것이다. 망설이고 망설이다 수첩을 꺼냈다. 수첩에는 일 년 동안 도일 씨를 향한 사랑의 감정이 오롯이 들어 있었다. 미솔이는 처음 붙였던 밴드부터 떼기 시작했다. 밴드를 붙였던 자리가 도드라졌다. 그곳은 마치 바늘로 콕콕 찍어놓은 듯 아주 작고 미세한 구멍들이 생겨나있었다. 상처를 감쌌던 상흔처럼 첫사랑은 그렇게 흔적을 남겼다. 미솔이는 그 작은 구멍들을 살살 문질러 보았다. 하지만 아직은 아니라는 듯 구멍은 쉽사리 지워지지 않았다. 봄볕이 무르익던 날 마지막으로 붙인 빨간색 밴드까지 떼고 나자 수첩이 홀쭉해졌다. 하지만 밴드가 차지한 자리만큼 수첩은 아직 들떠있었다. 미솔이는 수첩을 미리 준비한 상자에 넣어 장 깊숙이 보관했다. 그리고 아침부터 작업실에 박혀 있는 엄마에게로 내려갔다. 엄마는 3박 4일 동안 도일 씨와 함께 찍어 온 사진과 씨름 중이었다. 응모전에 낼 거라고 했다. 작업실에는 빨간 알전구가 불을 밝히고 있었다.

"엄마 뭐해?"

미솔이는 턱을 괴고 엄마 옆에 앉았다. 엄마는 대답 대신 미솔이를 봤다.

"어제 데이트는 어땠어?"

"비밀!"

엄마는 너무나 빤한 대답을 했다. 아마 수줍어서 그런 모양이었다. 대답은 그렇게 했지만 벌써 입꼬리가 벌어지고 있었다. 하여튼 연애초보자 아니랄까봐 티를 팍팍 냈다.

"쳇, 소개해준 사람한테 그러면 안 되지."

"그런가? 에잇 그래도 좀 그렇다."

"사랑은 천둥치는 운명이라며?"

기다렸다는 듯 엄마의 얼굴에 웃음이 만개하듯 피어났다. 요즘 엄마는 날마다 조금씩 부풀어 오르는 꽃망울 같다. 햇볕과 바람, 적당한 가림막이 필요했던 꽃처럼 아름다워지고 있는 중이다. 미솔이는 그런 엄마가 눈부셨고 동시에 질투가 났다. 뭐

한동안은 이런 감정에서 오락가락할 것 같았다. 미솔이는 오랫동안 굴리고 굴려왔던 말을 어렵게 꺼냈다.

"엄마, 엄마는 지난 일 중에 뽀샵하고 싶은 거 없었어?"

"뽀샵?"

엄마가 바쁘게 움직이던 손을 멈췄다. 그렇다고 미솔이를 보는 것도 사진을 보는 것도 아니었다. 짧은 순간이었지만 자신의 지난 시간을 더듬는 것처럼 보였다. 미솔이는 엄마의 지나버린 시간 속에 미솔이 자신이 가장 크게 자리 잡고 있을 거라고 생각했다.

"뽀샵하고 싶은 것들이야 많지. 하지만 엄마는 그냥 내버려 두는 것 같아. 왜냐하면……."

"왜냐하면?"

"그게 엄마니까."

미솔이가 고개를 끄덕였다.

"이제, 내 도일 씨 엄마에게 넘기려고!"

아, 생각지도 않은 말이 튀어 나왔다.

"내, 도일 씨?"

엄마가 또 웃음을 깨물었다. 도일 씨와 관련된 이야기만 나오면 무조건 자동반사였다. 미솔이는 괜히 민망해 한마디 덧붙였다.

"웃지 마, 난 엄청 심각했다고."

"미안, 도일 씨한테 네 얘기 들었어. 맨날 만화 같이 보고, 코코아 마시고 그랬다며?"

"그래, 이제 엄마 덕분에 평생회원 되는 거 시간문제야. 평생 만화책이랑 코코아 얻어먹을 거라고, 각오하셩."

엄마가 또 투명하게 웃으며 고개를 끄덕였다. 그때 컴퓨터 옆에 놓인 핸드폰이 드르륵하고 진동했다. 엄마가 얼른 손을 뻗었다. 하지만 미솔이가 한발 빨랐다. 역시나 도일 씨였다. 미솔이는 통화버튼을 꾹 눌러 엄마에게 핸드폰을 넘겼다. 마침 밖에서 할머니가 부르는 소리가 들렸다. 미솔이는 짠하고 작업실 문을 열고 나갔다. 갑자기 나타난 미솔이를 발견한 할머니가 까르르 웃음을 터트렸다. 술래를 찾은 아이 같은 웃음이었다.

"우리 미솔이, 거기서 뭐했어?"

"사랑의 메신저 역할 좀 하느라고요."

할머니가 미솔이 볼을 살짝 짚었다 놓았다. 할머니는 그사이 머리를 짧게 잘랐다. 세련된 커트머리와 몸에 딱 달라붙는 스키니진이 잘 어울렸다.

"아참 할머니, 나 지금 나가요."

"데이트?"

"남자 아니고, 민병이랑 수영장 가기로 했어."

"둘이서?"

할머니 눈이 동그래졌다. 설마 하는 기색이 역력했다. 물론 세진이도 함께 가기로 했다. 코 찔찔이 민병이 자식이랑 무슨 재미로 수영을 하겠는가. 요즘도 민병이는 미솔이만 보면 놀리지 못해 안달이다. 툭하면 '짝사랑 전문가'라면서 미솔이 비위짱을 건드린다. 철이 들려면 아직 멀었다. 어쩌겠는가. 남자란 동물은 철이 늦게 들거나, 아예 안 들 수도 있다는 할머니 말에 수긍할 수밖에 도리가 없다. 그럼에도 미솔이는 이런 생각이 들었다. '아직 사랑이 뭔지도 모르는 모태솔로인 어리디 어린 친구들과 계속 어울려야 하나' 하는 생각이 들긴 했다. 어쨌든 미솔이는 수영가방을 메고 스튜디오를 나섰다. 밖은 벌써 여름의 조짐을 보이고 있었다. 목덜미에 떨어지는 볕이 따가웠다.

어느새 사거리 약국 앞이었다. 미솔이는 지난봄에 자신에게 흙탕물을 끼얹은 보도블록을 찾았다. 보도블록은 시치미를 뚝 떼고 있었다. 미솔이는 괜히 눈을 흘겼다. 자그마한 돌 하나를 찾아 보도블록 사이에 밀어 넣었다. 돌은 맞춤했다. 당분간 들뜨지도 시치미를 뗄 일도 없을 듯했다. 미솔이는 약국 앞을 지나며 이런 다짐했다. 돌아오는 길에는 반드시 만화와 코코아 '평생회원증'을 받아내겠다고 말이다.

나이롱 파마

파란대문이 스윽 열렸다. 쭈글쭈글한 할머니가 그곳에서 휘적휘적 걸어 나왔다. 마귀할멈 같은 웃음이 자글자글한 주름 사이로 피어 올랐다. 무동 할머니였다. 할머니를 본 동민이가 진저리를 쳤다. 사방에 봄빛이 무르익고 있었지만 소름이 돋았다.

"파마쟁이, 어서 오드라고잉."

"무동할매도 잘 지냈지요?"

아빠가 미용도구가 든 가방을 멘 채 반갑게 인사를 했다.

"암만, 우리사 맨날 그날이 그날이제."

무동 할머니가 합죽한 잇몸을 드러내며 인사를 받았다. 그리고 평상에 자리를 잡았다. 평상에는 벌써 대여섯 명의 할머니들이 머리할 준비를 하고 있었다. 할머니들 머리는 하나같이

희끗희끗하고 부스스했다. 동민이 앞에 고난의 하루가 펼쳐져
있었다. 동민이는 기운이 쭉 빠졌다. 아빠는 그러거나 말거나
능숙하게 미용도구를 펼쳤다.

"데이트 있으신 분부터 선착순입니다."

"잉, 나여 나. 나가 이따 저녁 때 데이또 할 사람이여."

무동 할머니가 잽싸게 흰머리를 디밀었다. 그러자 엉덩이를
들썩이던 명동댁 할머니가 샐쭉해져 물러나며 이렇게 일갈했
다. "다 늙어빠진 망구가 데이또는 뭔 데이또여."하면서 혀를
끌끌 찼다. 그런 명동댁 할머니를 싹 무시하고 무동 할머니가
아빠 앞으로 바싹 다가앉았다. 아빠가 미용장갑을 꼈다.

"무동할매, 파마 들어갑니다."

미용 봉사의 서막을 알리 듯 아빠가 손뼉을 탁탁 마주쳤다.
그러자 뒷목 언저리에 묶여있던 꽁지머리가 대답하듯 까닥하
고 인사를 했다. 아빠는 곧 무동 할머니 머리에 파마약을 골고
루 발랐다. 순간 무동 할머니가 어깨를 움찔했다. 차가운 파
마약에 진저리가 난 모양이었다.

"동민아, 롯트!"

멍해있는 동민이를 아빠가 툭 쳤다. 지금 동민이 머릿속은
난리도 아니었다. 요즘 게임으로 맞장 뜨고 있는 우석이와 신
나게 게임 중이었기 때문이다. 막 동굴을 통과해 점수를 올리
고 있었다. 동민이는 짜증이 팍 났다.

"아, 왜요?"

"파마 롯트 하나 달라구, 인마!"

동민이는 손끝에 붙잡힌 파마 롯트를 획 내던져버렸다. 바구니를 때린 초록색 롯트가 평상 아래로 데굴데굴 굴렀다.

"똥민이 이 자슥아, 정신 안 차릴래?"

"왜 무동 할머니는 맨날 나만 갖고 그래요?"

"똥민이 니가 시방, 이 할매 데이또를 망칠 참이여."

무동 할머니가 마디가 굵은 손을 번쩍 들어 올렸다. 동민이가 잽싸게 허리를 뒤로 재꼈다. 다행히 무동 할머니 손을 가까스로 피했다. 순간 무동 할머니가 영 아쉬운 얼굴로 입을 오물거렸다. 주글주글한 주름이 입가로 몰렸다. 흡사 놀잇감을 놓친 늙은 마녀 같았다. 동민이는 '와, 늙은 마녀 주제에 데이트가 웬 말이야' 하며 롯트가 들어 있는 바구니를 살짝 밀어버렸다. 무동 할머니는 눈치코치에 염치까지 없다. 거기에다 마마자국에 주름까지 많아 늙은 마녀를 연상시켰다. 동민이는 짜증지수가 너무 높아 계기판이 깨지기 직전이었다. 거기에다 오늘은 되는 일이 없었다. 일진이 사나워도 이렇게 사나울 수가 없었다. 마당 한쪽, 별채에 붙어 있는 바깥 화장실이 고장이었다. 동민이는 참을 수 있는데 까지 참았다. 하지만 곧 방광이 터질 것 같았다. 별 수 없었다. 안채에 있는 화장실로 가는 수밖에 다른 도리가 없었다.

동민이는 조심스럽게 현관문을 밀었다. 슬픈 예감은 왜 빗나가는 법이 없을까! 동민이는 선뜻 거실로 들어설 수가 없었다. '밥맛없는 강혜나'가 컴퓨터 앞에 떡하니 앉아 있었기 때문이다. 혜나는 지난달에 전학을 왔다. 전교생이라고 해봐야 고작 30명이 전부인 작고 초라한 시골 중학교에서 혜나의 존재감은 상상을 초월했다. 딱 봐도 세련되고, 엘레강스했다. 혜나에게는 남자애들은 물론이고 여자애들까지 주눅 들게 하는 뭔가가 있었다. 물론 동민이는 예외였다.

꼿꼿이 앉은 혜나는 컴퓨터에 시선을 고정하고 있었다. 더구나 밖에서 일어나고 있는 일 따위에는 조금도 관심 없어보였다. 동민이는 아무렇지 않은 척 화장실 쪽으로 걸음을 뗐다. 하지만 이미 컴퓨터 화면에 시선고정이었다. 컴퓨터 화면 속에서는 완전무장을 한 파이터들의 칼싸움이 한창이었다. 부러웠다. 화사한 봄볕 아래 앉아서 아무 걱정 없이 게임이나 하고 있는 혜나가 부럽다 못해 얄미워지려고 했다. 동민이 입에서 이런 말이 저절로 굴러 나왔다. 아니 굴러 나오려고 했다. 동민이는 입을 꾹 다문 채 이렇게 주절댔다. '밥맛없는 강혜나' 물론 입속말이었다. 그리고 하는 수 없이 내키지 않는 발걸음을 화장실로 옮겼다. 그런데 화장실 변기를 보자마자 다급해졌다. 변기통을 향해 오줌발을 날렸다. '쏴아' 소리가 너무 컸다. 동민이는 애꿎은 문을 노려봤다. 그리고 아랫배에 힘을 꽉 줬다. 그러자 이번에는 터져 나오려던 오줌이 질금질금 흘러나왔다. 아랫배가 묵지근했다. 기분 나쁜 한숨이 절로 나왔다. 세면대 물을 틀어 손을 씻는 척 변기 위에 털썩 주저앉았다. 우석이는 기회는 이때다 하고 게임머니를 올리느라 정신없을 것이다. 게임머니 쌓기에 혈안이 된 동민이와 우석이는 혈투 중이었다. 이런 시점에 미용 봉사라니 너무 가혹한 처사였다. 하찮은 파마 롯트에 늙은 할머니들에 거기에다 '밥맛없는 강혜나'까지 이 무슨 신의 장난이란 말인가. 동민이는 속이 부글거리다 못해 끓어 넘치려했다. 동민이는 다짐했다. 화장실 문을 열고 나가자마자 곧장 거실을 빠져나가리라. 동민이가 재빠르게 거실을 가로질렀다. 하지만 야속했다. 맹세는 순식간에 물거품이 돼버렸다. 눈이 자동반사적으로 컴퓨터 화면에 꽂혔다. '야, 오른쪽 마우스 눌러야지!' 터져 나오려는 소리를 홉 삼켰다. 그런데 마우스에 올려 진 혜나 손이 꼼짝도 하지 않고 있었다. 스피커에는 불도 켜져 있지 않았다. 화면 속 파이터들은 무성영화의 한 장면처럼 같은 동작을 무한반복하고 있었다. 칼을 휘두르고, 쓰러지고, 다시 일어나고, 쓰러지고 있었다.

◗

아까부터 등 뒤가 자꾸 신경 쓰인다. 골이 잔뜩 난 동민이가 컴퓨터 화면을 뚫어질 듯 쳐다본다는 느낌 때문이다. 볕 좋은 토요일 오후에 컴퓨터 앞에 앉아 있는 내가 부러운 눈치다. 다정해 보이는 아빠랑 나들이 온 녀석치고는 심통이 잔뜩 난 얼굴이다. 골이 난 동민이를 보자 부러운 생각이 들었다. 아빠와 투덕대는 것도, 할머니들에게 투정 부리는 것도 부럽다.

어제는 견딜 수 없는 식욕이 뱃속을 휘저었다. 세상의 음식이란 음식은 다 먹어 치울 것 같았다. 허겁지겁 먹어 대는 나를 할머니는 말리지 못했다. 맹렬한 식욕은 늘 구토와 함께 왔다. 구역질과 함께 뒤따라오는 것은 엄마의 얼굴이다. 머리를 흔들어 엄마를 지워버렸다. 엄마는 사라졌지만 속은 더 뒤틀어 올랐다. 변기통을 붙들고 '웩웩'거려 보았지만 깨끗이 비워낸 위는 더 내 놓을 것이 없다. 그래도 구역질은 멈춰지지 않는다.

혜나는 밥맛없다. 아침마다 검정 승용차를 타고 학교에 온다. 덜컹거리는 스쿨버스를 한 번도 타지 않았다. 군청에 근무하는 할머니가 등하교를 시켜주기 때문이다.

"혜나야, 잘 지내다 와."

"……네."

"밥, 잘 먹고."

혜나는 대답도 없이 돌아서기 일쑤다. 그래도 그건 괜찮다. 급식 시간에 혜나는 정말 밥맛없어진다. 음식에는 조금도 관심이 없다는 듯 거들떠보지도 않는다.

"강혜나, 조금이라도 먹어야지."

우락부락한 선생님도 혜나에겐 약하다.

"입맛에 맞는 것으로 조금만 먹어봐."

혜나는 창백한 얼굴로 음식을 거부한다. 식판이라도 뜯어 먹을 듯 달려드는 우리가 돼지처럼 느껴질 정도다. 그런데 이상한 것은 미친 듯 허겁지겁 먹는 날도 있다는 것이다. 그런 날은 어김없이 입을 틀어막고 화장실로 달려간다. 혜나는 정말 밥맛없다.

동민이는 컴퓨터에 앞에 앉아 꼼짝도 하지 않은 혜나를 향해 '밥맛없는 강혜나'하고 현관문을 밀고 밖으로 나왔다.

◢

화장실이 급한 듯 들어온 동민이는 혼자만 들어온 게 아니었다. 심장이 쿵 소리를 내며 떨어졌다. 엄마 냄새였다. 내가 잊으려고 애쓰던 바로 그 냄새였다. 아니 잊지 않으려고 애쓰던 그 냄새였다. 깊은 곳 어딘가에 꽁꽁 숨겨 둔 엄마 냄새 말이다. 화장실로 들어간 동민이는 파마약과 뒤섞인 미용실 특유의 냄새를 풍겼다. 엄마와 함께 웃고 떠들며 행복했던 바로 그곳의 냄새였다.

피아노 대회가 일주일 앞으로 다가 온 날이었다. 아파트 앞 주차장에 화사한 봄볕이 내리고 있었다. 깔끔한 단발머리를 한 엄마의 목이 시원해 보였다. 까만 셔츠에 봄빛이 내리자 한층 더 세련되어 보였다. 아파트 입구를 벗어나면서 엄마가 말했다.

"혜나야, 너 나이롱 파마 알아?"

"나이롱 파마, 새로 나온 파마 이름이야?"

엄마가 내 말에 깔깔거리며 웃었다. 영문도 모른 채 나도 함께 웃었다.

"엄마가 혜나만 했을 때 친구들이랑 했던 파마 이름이야. 부지깽이나 아카시아 잎으로 한 파마를 말하는 거야. 그러니까 진짜 파마 말고 가짜 파마란 뜻으로 말이야."

"부지깽이면 옛날에 불 땔 때 쓰던 거잖아. 그걸로 파마를 한단 말이야?"

"응. 엄마가 어렸을 때는 미용실이 읍내에만 있었거든. 그래서 친구들하고 부지깽이로 파마 많이 했어. 밀이나 보리이삭을 뜯어다 구워먹고 나면 부지깽이가 알맞게 달궈지거든. 그때 부지깽이를 머리카락에 돌돌 말아 잡고 있다가 오징어 굽는 냄새가 나면 얼른 풀어야 돼. 조금만 늦어도 머리카락이 싸르륵 타버리거든. 근데 있지, 소나기라도 만나는 날에는 아까운 파마가 순식간에 풀려버리는 거야. 얼마나 속상하고 아쉬

웠던지."

엄마는 어린 시절로 돌아간 듯 손가락으로 단발머리 끝을 돌돌 말았다.

"할머니 집에 가면 해 볼까? 부지깽이는 없을 거고, 아카시아 잎으로 해 보면 되겠네."

"피, 무슨 그딴 걸 하냐."

"너 무시마라. 그게 얼마나 재미난 놀이인데."

어느새 미용실 앞이었다. 문을 밀자 익숙한 냄새가 났다. 각가지 향이 뒤섞인 미용실냄새는 묘하게 마음을 들뜨게 했다. 칸마다 각가지 색깔의 파마 롯트를 실은 밀차가 손님을 찾아 바쁘게 오고갔다. 가지런히 누워있는 은빛 가위를 보자 나도 모르게 손가락이 꿈틀댔다.

"웨이브가 풍성하게 나오도록 해주세요."

역시 엄마다. 피아노 대회에 어울리는 머리 모양을 미리 생각해둔 눈치였다. 사방에 붙여진 거울 속에서 수많은 엄마와 내가 우리를 흉내 내고 있었다. 파마는 마음에 들었다. 롤이 하나씩 풀릴 때마다 몽실몽실 목을 간질이는 머리카락 느낌 때문에 손끝이 저릿할 지경이었다. 눈꼬리가 살짝 올라간 새침데기는 간데없고 풍부한 표정을 한 아이가 거울 속에 웃고 있었다. 나는 콧소리를 내며 엄마 팔짱을 끼었다.

"엄마, 내일 피아노 대회에서 꼭 상 받을게."

다음날이었다. 그랜드 피아노 앞에 앉은 내 모습은 완벽했다. 공주 드레스에 파마머리가 아주 잘 어울렸다. 하지만 피아노에 손가락을 얹은 순간 머리가 하얗게 비워지고 있었다. 건반을 어떻게 두드리고 내려왔는지 기억이 없다. 당연히 상은 받지 못했다. 모양만 잔뜩 낸 속 빈 공주가 돼버린 기분이었다. 열심히 하지 않은 것을 처음으로 후회했다. 건반을 두드릴 때마다 나는 소리가 신기해서 처음에는 피아노를 열심히 쳤다. 하지만 시간이 지날수록 필요 이상의 인내를 요구하는 게 피아노였다. 재미도 없고 소질도 없는 일을 계속 한다는 것은 자기를 자기답게 만드는 것이 아니라, 자신을 지워가는 일이라는 생각이 들게 했다. 꽃다발을 들고 아빠가 헐레벌떡 들어왔다.

"강혜나, 역시 아빠 딸이야. 잘했어."

아빠가 내 어깨에 팔을 둘렀다.

"근데 그 말을 하면서 왜 날 쳐다보는데요?"

엄마가 아빠를 향해 곱게 눈을 흘겼다. 아빠는 근처 레스토랑에 예약을 해두었다며 엄마와 나를 재촉했다. 내 어깨에 올려 진 팔에 힘을 주며 다른 팔을 엄마 어깨에 올렸다. 아빠가 힘껏 우리를 밀었다.

파마 수건을 쓴 할머니들은 모습이 똑같았다. 아빠가 명동댁 할머니 머리에 마지막으로 분홍색 수건을 씌우며 컷트에 필요한 미용도구를 챙겼다.

"동민아, 30분 후에 중화제 바르는 거 잊으면 안 된다."

"으, 알았다고요."

"이 녀석이 정말!"

"걱정 말고 다녀와요. 여기는 내가 알아서 할게요."

혜나 할머니가 거들고 나섰다. 아빠는 아랫동네에 사는 치매 할아버지 머리를 자르러 가는 길이다. 할아버지는 아빠를 볼 때마다 월남전에 간 동생이 돌아왔다고 눈물을 글썽이며 반가워했다.

"파마쟁이, 싸게 갔다 오드라고잉."

무동 할머니가 감자전을 뚝 떼어 아빠 입에 넣어주며 말했다.

"혜나야, 싸게 나오니라. 똥민이가 감자전 다 묵어버린다아."

"내가 언제 먹었다고 그래요!"

동민이가 확 짜증을 냈다.

"혜나야, 나와 봐. 볕이 참 좋다."

그런데 �끄떡도 않을 것 같던 혜나가 웬일인지 대답도 없이 밖으로 나왔다. 혜나가 옆으로 오자 동민이는 자기도 모르게 주춤 뒤로 물러났다.

"아가, 감자전 좀 묵어봐. 사람은 묵어야 사는 뱁이여."

무동 할머니가 갓난아이 어르듯 혜나에게 말했다.

"혜나 니가 마음병이 난 것이구먼. 사람을 미워하면 미워하는 사람이 상하는 뱁이여. 긍께 고것이 제 에미 일이면 오죽할라고잉."

무동 할머니가 혜나 손에 감자전을 들려주며 어울리지도 않는 말을 했다. 동민이는 혜나와 무동 할머니를 번갈아 쳐다봤다. 할머니들이 와자하게 음식을 먹는 동안 표정을 잃은 혜나는 아슬아슬하게 탑을 쌓았다. 파마 롯트는 높은 탑이 되어 올라갔다. 탑이 높아질수록 동민이는 조바심이 났다.

"어, 중화제 바를 시간 다 된 것……."

동민이가 허둥거렸다.

"동민아, 중화제는 내게 맡기면 안 될까?"

혜나 할머니가 말했다. 그러면서 할머니가 혜나를 물끄러미 쳐다봤다. 동민이는 이게 웬 떡이냐 싶었다.

"혜나야, 중화제 한 번 발라 볼래?"

파마 롯트에 망연히 시선을 떨구고 있던 혜나가 갑자기 동민이를 똥그랗게 쳐다봤다. 동민이가 우물쭈물했다.

"아, 그럼 되고말고!"

무동 할머니가 잽싸게 끼어들었다.

"잉, 긍께 말이여. 이번에는 명동댁 먼첨 하드라고."

무동 할머니가 물러나 앉았다. 서둘러 혜나 할머니가 중화제 바를 준비를 했다.

"똥민아 이눔아, 이리 와서 수건 좀 잡아라잉."

동민이는 얼떨결에 명동댁 할머니 머릿수건을 잡았다. 미용
장갑을 낀 혜나가 중화제를 바르기 시작했다. 하지만 중화제
는 골고루 발라지지 않고 여기저기 찔끔대고 있었다.

"저……. 중화제 잠깐만 줘봐."

동민이는 머리카락에 골고루 중화제를 발랐다. 아무리 파마
를 잘 말아도 중화제를 제대로 안 바르면 머리가 축축 늘어지
는 법이다. 혜나가 동민이 손놀림을 깐깐하게 보고 있었다. 동
민이는 그런 혜나에게 중화제를 넘겼다. 혜나가 다시 중화제
를 바르기 시작했다. 혜쓱하던 혜나 얼굴이 약간 상기 돼 보였
다. 처음 하는 것 치고 솜씨가 괜찮았다.

아빠가 천 원짜리 한 장을 흔들며 돌아왔다. 치매 할아버지
가 또 용돈을 준 모양이었다. 할아버지는 머리를 자를 때마다
내 동생이 최고라며 베개 아래에서 돈을 꺼내 아빠 손에 쥐어
주곤 했다. 그러면 아빠는 '형님, 고맙습니다'하며 공손히 돈을
받았다. 아빠가 할머니들 머리를 풀기 시작했다. 아빠 표정이
흐뭇해졌다. 파마가 빠글빠글 아주 잘 나왔기 때문이다. 무동
할머니가 이때다 하고 고자질을 했다.

"오늘은 똥민이가 안 했구먼."

아빠가 동민이를 빤히 쳐다봤다.

"아니, 그게 아니고⋯⋯."

"저, 동민이 아빠. 오늘은 우리 혜나가 했어요. 혜나하고 내가 같이 했어요."

"와, 그래요. 혜나 솜씨가 제법인데요."

동민이 아빠 말에 혜나 얼굴이 아주잠깐 밝아진 듯 했다. 하지만 금세 다시 무표정해졌다. '치, 아들한테는 칭찬 같은 거 한 적도 없으면서' 동민이는 서운했다. 모두들 '밥맛없는 강혜나'만 챙기는 것 같았다. 오후 내내 아빠를 도운 건 자긴데, 막판 뒤집기 한판에 혜나에게 밀리고 말았다. 어쨌든 오늘은 일진이 사나워도 너무 사나웠다. 무동 할머니가 또 끼어들었다.

"솜씨야, 파마쟁이 아들도 만만치 안혀."

"무동 할머니, 난 파마 싫거든요! 알지도 못하면서."

"이눔아, 빠마가 왜 싫여. 이렇게 쪼글쪼글한 할매들도 이뻐지는 것인디."

"아, 어쨌든 싫어요. 난 세상에서 게임이 제일 좋아요. 무동 할머니가 컴퓨터게임을 알기나 해요?"

"뭐 뭐, 겜? 켐터 겜이 뭣이다냐?"

"동민이 컴퓨터게임 좋아하는구나?"

역시나 혜나 할머니였다. 하긴 군청에서 무슨 과장님이라니 당연하다. 세련되고 멋쟁이고 거기에다 컴퓨터게임까지 이해하는 신세대 할머니가 틀림없었다. 동민이는 이때다 싶었다.

"네. 멋진 컴퓨터게임 개발하는 게 제 꿈이에요."

"정말이야?"

혜나 할머니가 진지하게 물었다. 그런데 혜나가 눈살을 찌푸렸다. 별꼴이다. 동민이는 배알이 꼴렸다. 남이사 컴퓨터게임 개발을 하든지 말든지 왜 지가 오만상인지 모르겠다. 동민이는 잠시 흔들렸던 마음이 천리 밖으로 달아나버렸다. '밥맛없는 강혜나' 동민이는 그 말을 꿀꺽 삼켰다.

요즘 매일 같은 꿈이다.

휙휙 스치는 풍경에 속이 메스꺼웠다. 차를 세워 달라고 하고 싶지만 말이 되어 나오지 않았다. 목이 꽉 막혀버린 느낌이었다. 몸을 뒤척일 수 없을 만큼 심하게 가위에 눌렸다. 눈을 떴다. 천장이 빙그르 돈다.

처음 이 꿈을 꾸었을 때가 생각난다. 꼭 1년 전이었고, 막 여중생이 되어 교복을 입고 다닐 때였다. 처음 꿈을 꾼 건 침대가 아니라 옷장 속이었다.

어느 날부터 늘 물속처럼 평화롭기만 하던 집에 회오리바람이 지나갔다. 아빠가 게임개발 회사를 차리고 얼마 후였다. 아빠와 엄마가 심하게 다투기 시작했다. 밤늦게 들어온 아빠를 향해 엄마가 날선 목소리가 날아들었다. 책상에 앉아서 귀를 막아도 침대에 누워 이불을 뒤집어써도 고함소리를 막을 수가 없었다. 이불을 끌어안고 붙박이장 속으로 들어갔다. 손으로 귀를 막았다.

"회사 꾸리는 게 뭔지 집에만 있는 당신이 알기나 해?"

아빠가 고함을 쳤다.

"당신은 정말 바보야. 뭐가 중요한지 모르는 사람이라구요. 모래성을 쌓고 있으면서 우리를 위해 궁전을 짓고 있다고 생각하잖아?"

엄마의 메마른 음성에는 울음기가 전혀 없었다. 맞다. 아빠는 파도가 밀려오면 흔적도 없이 사라지는 모래성을 쌓고 있었다. 사장님이 된 후로 한 달의 전부를 회사에서 지내다시피 했다. 아빠가 벌어다 주는 돈은 풍족했다. 하지만 엄마는 점점 웃음을 잃어갔다. 오소소한 표정으로 멍하니 있는 시간이 많아졌다. 다툼이 있던 다음날부터 아빠는 아예 집에 들어오지 않았다. 나는 혼자 일어나 아침을 먹고 학교에 다녀왔다. 엄마는 자신이 만든 깊이를 알 수 없는 동굴 속으로 들어가 버렸다. 하루 종일 안방에서 꼼짝하지 않았다. 나는 엄마와 아빠, 모두에게 그림자 같은 존재가 되어갔다. 자동 인형처럼 밥 먹고 학교가고, 잠을 잤다. 그렇게 버티던 엄마는 그림 공부를 한다면서 이탈리아로 떠나버렸다. 우울한 얼굴을 한 채로.

거기에 화가 난 아빠도 중국으로 회사를 옮겨 버렸다. 넓은 시장을 찾아간다는 핑계를 대면서. 나는 그렇게 덩그맣게 혼자 남았다. 마치 먹다 남은 식은 밥 같았다. 엄마와 아빠에게 버려진 채. 그리고 할머니 집으로 왔다. 내가 허겁지겁 먹고 토하게 된 것은 엄마가 떠나던 날부터였다.

오늘도 혜나는 검정 승용차에서 내렸다. 준비물이 담긴 비닐봉지를 빙빙 돌리고 오던 동민이가 차를 보고 멈칫했다.

"혜나야, 잘 다녀와."

"네."

"밥 잘 먹고."

"……네."

동민이는 날마다 똑같은 말을 되풀이하는 할머니도, 늘 똑같은 반응을 보이는 혜나도 신기할 따름이다. 둘 다 자동 인형 같다. 동민이는 모른 척 차 옆을 지나쳤다. 미술 재료가 든 비닐봉지를 돌돌 말아 쥐었다. 곧 다가올 어버이날을 맞아 비누 조각을 하기로 했다.

"다음 주 금요일이 어버이 날이다. 내일은 부모님께 편지 쓸 수 있도록 준비해온다. 알았지?"

고리타분한 담임 말이었다. '맨날 열심히 공부하겠습니다, 부모님 말씀 잘 듣겠습니다. 일 년 내 따라다닐 올가미를 왜 만들어? 난 더 이상 바보가 아니거든요!' 동민이는 뚱해져 혼

잣말을 했다.

"샘, 맨날 편지예요? 아마 8년째 공수표 받는 부모님 기분도 별로일걸요. 8년째가 뭐예요. 유치원까지 합치면 십 년도 넘겠네."

반장 우석이가 볼멘소리를 했다. 뻔한 편지를 써야 하는 반 아이들은 불만이 많았다. 이때다 싶은 아이들이 우우 함성을 올렸다. 결국 편지대신 비누조각이 결정됐다. 그런데 혜나가 미동도 없이 앉아있었다. 하여튼 이상한 애가 틀림없다고 동민이는 생각했다.

4교시는 체육 시간이었다. 조를 짜서 축구시합을 했다. 경기가 끝나기도 전에 동민이의 뱃속은 요동을 치기 시작했다. 배식판을 들고 줄서는 것조차 힘들었다. 밥을 산처럼 받았다. 숟가락질하기도 귀찮았다. 그냥 훌훌 마셔 버리고 싶은 심정이었다. 급식은 꿀맛이었다. 버릴 것도 없는 식판을 들고 급식 정리대로 갔다. 그런데 또 혜나였다. 혜나가 잔반통 옆에 멍하니 서있었다. 배식판 속 음식에 손도 대지 않았는지 밥이며 반찬이 고스란히 담겨있었다. 아까운 음식이 그대로 잔반통 속으로 쏟아져 내렸다. 혜나가 인상을 팍 썼다. 동민이는 '밥맛 없는…….' 하다 그만 두었다. "혜나 니가 마음병이 난 것이구먼. 사람을 미워하면 미워하는 사람이 상하는 뱁이여. 긍께 고것이 제 에미 일이면 오죽할라고잉."저번 날 무동 할머니가 했던 말이 생각나서였다. '혜나 마음에 무슨 병이 생겼다는 걸까?' 동민이는 아무리 생각해도 오리무중이었다. 숟가락을 수거함에 던져 넣었다. '챙'소리를 내며 숟가락이 사라졌다.

예정대로 5교시와 6교시는 미술이었다.

동민이는 송곳으로 밑그림을 그리기 시작했다. 아빠는 약간 살집이 있도록 둥글게 윤곽을 잡았다. 단짝 우석이가 비누를 내밀었다.

"야, 이동민. 너 미술 좀 하지?"

"고롬, 고롬."

"밑그림 좀 그려주라."

"바쁜 몸이야. 네가 해."

"짜식 잘난 척 하기는. 떡볶이 한 컵, 어때?"

벌써 배가 고파지기 시작한 동민이는 떡볶이란 말에 금세 입에 침이 고였다. 요즘 들어 점점 더 염치가 없어지는 배 때문에 골치다.

"한 컵은 너무 적어, 두 컵!"

"대신 우리 아빠 뚱뚱하게 그리지 말고 핸섬하게 부탁한다."

"아, 그건 내 맘."

동민이는 우석이 아빠를 생각하자 웃음이 났다. 사람 좋은 얼굴로 농협에서 비료나 비닐하우스에 쓰이는 각종 자재를 파

는 우석이 아빠는 남산만큼 나온 배 때문에 항상 배꼽 아래에
다 바지 벨트를 했다. 동민이는 최대한 우석이 아빠의 특징을
살려 밑그림을 그렸다.

"와, 진짜 우리 아빠 같아."

밑그림을 본 우석이가 감탄했다. 방금 전에 핸섬하게 그려달
라고 부탁한 것을 까맣게 잊은 모양이었다. 동민이가 어깨를
으쓱했다. 담임 선생님이 동민이와 우석이를 향해 눈알을 부라
렸다. 동민이가 얼른 고개를 숙였다. 매끈한 비누는 조각칼을
잘 받아들였다. 아빠 얼굴이 금세 윤곽을 드러냈다. 특별히 꽁
지머리에 공을 들였다. 고무밴드까지 깎자 제법 그럴듯했다.
그때 수업 마침종소리가 났다.

"다음 미술 시간까지 완성한다. 이름 써서 사물함 위에 올려
놓고 가도록."

꾸벅꾸벅 졸고 있던 선생님이 늘어지게 하품을 했다.

"혜나야, 송곳 없어? 빌려줄까?"

"아니……."

"엄마 먼저 해야겠다. 예쁘게 해야지."

은선이가 종알거리며 부지런히 조각을 하기 시작했다. 교실

은 조각칼이 스슥거리는 소리와 끙끙대는 친구들의 한숨소리
가 간간히 섞여 들렸다. 받아줄 사람이 없는 선물을 만든다는
것이 이렇게 처참한 것인 줄 몰랐다. 한번도 생각하지 못한 일
이었다. 그것도 어버이날 선물을. 세상은 남의 아픔이나 슬픔
따위에는 전혀 관심이 없다. 관심이 없으면 차라리 속 편하겠
는데 모두 이러쿵저러쿵 말이 많다. 나는 우윳빛 비누를 앞에
두고 아무것도 할 수가 없었다. 와글거리는 아이들 사이에서
혼자가 된 채 버려진 기분이었다. 점심을 거른 속이 뒤틀려왔
다. 화장실까지 가지 않기 위해 안간힘을 써야 했다. 온몸에
식은땀이 났다. 하지만 평화로운 교실 분위기를 깨고 싶지 않
았다. 나는 비누를 들고 아무것도 할 수가 없었다. 선생님이
길게 하품을 했다. 정신을 차리고 보니 비누가루가 교복치마
를 하얗게 덮고 있었다. 사물함에 비누를 올려놓고 교실을 나
왔다.

동민이는 사물함 위에 올려 진 비누조각을 죄 훑어봤다. 군
데군데 움푹 패인 비누 두 개가 눈에 띄었다. 조각은 밑그림도
없이 깊게 파여 있었다. 비누를 뒤집었다. '강혜나'라는 글씨가
흐릿했다. 동민이는 주춤했다. 우석이가 조각을 빼앗아들더니
밑바닥을 봤다.

"강혜나, 맞구나."

"혜나 건 줄 알았어? 근데 왜 이 모양이야?"

"당연한 거 아니겠냐."

문단속을 마친 우석이가 가방을 둘러멨다.

"야, 이동민 이건 진짜 비밀인데 너한테만 말하는 거다. 사실은 혜나네 하고 우리집하고 당숙뻘이거든, 혜나는 잘 모르겠지만."

"당숙, 당숙이 뭔데?"

"당숙이란 말이야, 그 뭐더라, 아빠가 확실히 말해줬는데. 아빠와 오촌지간이라고 했던 거 같은데……. 뭐, 어쨌든 친척이란 뜻이야."

동민이는 아무짝에도 쓸모없는 것만 묻는 자신이 한심했다. 서둘러 가방을 멨다.

"혜나네 아빠가 컴퓨터게임 회사를 차렸는데, 회사 일만 신경 쓰고 집안일은 나 몰라라 했대. 그래서 화가 난 혜나 엄마는 그림 그린다며 외국으로 가버렸고, 혜나 아빠는 중국으로 회사를 옮겨버려서 혼자 남은 혜나가 할머니 집으로 오게 된 거라고 했어, 우리 아빠가."

우석이가 교실을 벗어나며 말했다. 그동안 혼자만 알고 있어 갑갑증이 났던지 말을 꺼내자마자 정신없이 떠들어댔다. 동민이는 게임개발이 꿈이라고 했을 때 인상을 쓰던 혜나가 떠올랐다.

"그리고 있잖아."

우석이가 특급 비밀인양 고개를 돌려 주위를 살폈다.

"걔, 밥도 완전 이상하게 먹잖아. 어느때는 허겁지겁 먹다가 또 어느때는 한수저도 안 먹었는데 토하고."

"그것도 부모님 때문이래?"

"그렇대, 그래서 병원에 다니는데 별 효과가 없다더라. 혜나 할머니 걱정이 이만저만 아니래."

"밥 때문에 병원까지 다녀?"

"응, 서울에 있는 제일 큰 병원이래. 그래도 요즘은 미용에 관심을 보여서 혜나 할머니가 정말 다행이라고 좋아한다고 하더라니까."

세상은 보이는 게 전부가 아닌 모양이다. 동민이는 무턱대고 '밥맛없는 강혜나' 했던 자신이 조금 싫어졌다. 웬일인지 입맛이 없었다. 우석이가 사준 떡볶이에서 아무 맛도 느낄 수가 없었다. 세상에 태어나서 음식이 맛없는 건 처음 있는 일이었다. 별일이 다 많았다.

◢

할머니를 졸라서 간 읍내에 있는 동민이네 미용실은 자그마했다. 엄마랑 함께 다니던 곳에 비하면 턱없이 작고 초라했다. 하지만 뭔지 모를 훈훈한 정 같은 것이 있었다. 아니 정확히 말하자면 엄마 냄새가 났다. 파마약과 다른 여러 가지 인공의 냄새와 그곳에서 일하는 동민이 부모님이 만들어 낸 묘한 무엇이었다. 분명 엄마 냄새는 아닌데 그건 엄마 냄새였다. 동민이 아빠에 비해 작고 통통한 아줌마는 미용실을 쓸고 닦았다. 낯선 나를 보고도 생글생글 웃으며 반가워했다. 미용실에 감돌고 있는 따뜻한 기운은 아줌마를 닮아 있었다. 나는 까닭 없이 마음이 놓였다. 엄마를 기억한다는 것이 너무 너무 싫지만, 그래도 그 냄새를 맘껏 마실 수 있다면 괜찮았다. 아니 좋았다. 엄마를 그토록 미워하면서 그리워하는 내가 나는 알 수 없다. 미용실에 왔다 간 날은 음식 먹는 일이 그다지 어렵지 않았다.

"미용은 기초부터 배워야 하지만 우리는 그럴 필요 없겠지? 혜나야, 배우고 싶은 것부터 하자. 뭐부터 할까?"

세 번째 미용실에 갔을 때 아줌마가 말했다. 첫 번째와 두 번째 방문 때는 그냥 가만히 앉아만 있다가 왔다.

"파마요, 파마 먼저 해보고 싶어요."

아줌마가 롯트가 들어 있는 밀차를 끌고 왔다. 나는 손끝에 롯트의 느낌이 되살아나 양손을 비볐다. 마네킹에 파마약을 듬뿍 묻혔다. 머리카락이 미끌거렸다. 롯트를 단단히 쥐고 천천히 말아 올렸다. 마지막으로 고무줄까지 끼워 고정시켰다. 파마 컬 하나가 완성됐다.

"와, 대단하다. 혜나야 너 분명 소질 있다. 난 그거 제대로 하는데 한 달은 더 걸린 거 같은데. 멋진 헤어디자이너 되면 이 아줌마 잊지 마라."

아줌마가 마음을 다해 응원해주는 것 같았다. 갑자기 내가 쓸모 있는 사람이라는 생각이 들었다. 바닥에 가라앉아 있던 마음이 붕 떠올랐다. 얼마 만에 느껴보는 감정인지 나는 잠시 어리둥절했다.

머리카락 한 올 한 올 정성을 다해 파마를 말았다. 롯트가 가지런한 마네킹에 비닐 모자를 씌웠다. 문득 엄마 생각이 났다. 그리고 지금 행복할까하는 생각이 들었다. 원하던 그림을 맘껏 그릴 수 있어 진짜 행복할까? 나는 엄마가 미웠다. 하지만 지금은 미운대로 그냥 그렇게 두기로 했다. 지금은 그러는 게 맞을 거 같았다. 애써서 털어내면 낼수록 미움은 깊이를 모르고 수렁으로 빠져들 테니까. 그런 거니까. 생각처럼 파마는 잘 나오지 않았다. 어떤 것은 빠글거리고, 또 어떤 것은 늘어졌다. 하지만 괜찮다. 엄마에 대한 원망으로 가득 차 있던 마음에 작은 틈이 생겼으니까. 미움을 대신할 무엇이 생긴 걸로 만족이다.

여름이 다 가고 있는데 미용 봉사 날이 더디게, 아주 천천히 다가왔다. 동민이는 봉사 날을 기다리는 자신이 낯설기만 했다. 매번 짜증나고 힘들던 봉사가 아니었던가 말이다. 이게 다 그 '밥맛없는 혜나' 때문이다. 히, 그런데 그게 그리 나쁘지 않다는 게 정말 이상했다. 혜나는 요즘 거의 미용실에 오고 있다. 벌써 두어 달 되어간다. 혜나는 뭔가에 홀린 것처럼 파마에 몰두했다. 땀을 뻘뻘 흘리면서도 땀이 흐르는 것도 모르는 듯했다. 동민이가 게임에 열중하는 것과 비슷했다.

"이동민, 게임 못해서 어쩌냐?"

"걱정 마요. 내일 실컷 할 거니까."

동민이가 괜히 퉁퉁거렸다. 마음대로 혜나를 오해한 일을 어떻게 풀어야 할지 막막했다. 혼자 오해했으니 모른 척 하면 그만이다. 하지만 어쩐지 그래서는 안 될 것 같았다. 대문을 밀고 들어갔다. 무동 할머니가 동민이를 보자마자 말화살을 쏘았다.

"똥민이 이자슥, 어서 오니라. 이 할매 보고 시퍼째?"

"치, 하나도 안 보고 싶었거든요."

무동 할머니가 마디 굵은 손을 들어올렸다. 동민이가 엉덩이를 뒤로 쭉 빼고 피한 척 했다. 이제는 동민이도 다 안다. 무동 할머니는 진짜 때리려고 하는 게 아니고 예뻐서 그런다는 것을 말이다.

"파마쟁이, 오늘은 파마 할 할매가 한명이고, 나머지는 모두 짜르면 되겄구먼."

"역시, 무동할매십니다. 벌써 인원 파악까지 해 두시구요."

아빠가 꽁지머리를 만졌다. 동민이는 거실 쪽으로 자꾸만 눈길이 갔다. 마음이 저 알아서 눈을 따라 갔다. 할머니들이 모두 자기만 쳐다보는 것 같았다. 나오지도 않은 코를 훌쩍댔다. 그때 혜나가 검정 비닐봉지를 들고 밖으로 나왔다.

"혜나야, 연습 많이 했어?"

아빠가 물었다.

"……네."

"웨매, 긍께 이것이 혜나가 한 것이여잉. 딱 나이롱 파마구만, 나이롱 파마여."

무동 할머니가 비닐봉지를 풀어 헤치며 너스레를 떨었다. 마네킹 머리는 무동 할머니 머리처럼 빠글빠글했다. 무동 할머니 말이 딱 맞았다. 그야말로 나이롱 파마였다. 아빠는 엄청 만족스러운지 혜나를 향해 엄지를 척 올렸다.

"히잇, 진짜 나이롱 파마다!"

"너까지 그러덜 말어, 이눔아. 이것이 보통 빠마가 아녀."

무동 할머니가 또 손을 들어올렸다.

"걱정 마, 조금씩 나아지고 있으니까."

혜나가 야무지게 쏘아 붙였다. 초점 잃은 무심한 눈길이 아니었다. 동민이 마음이 제 알아서 갈팡질팡했다.

"그라제, 그라제. 파마함시롱 니 맴도 쪼까씩 안 나아지겠
냐. 그라믄 됐제, 그걸로 된 거여."

"치, 무동 할머니는 맨날 자기 말이 다 옳다니까."

"그람, 내가 이 나이에 누구 눈치 보겠냐? 똥민이 니도 부지
런히 빠마 말어야 써, 알것냐?"

"진짜 빠마 싫거든요!"

동민이도 지지 않고 끝까지 대꾸를 했다. 그러거나 말거나
무동 할머니는 수박이 담긴 쟁반을 혜나 앞으로 밀어줬다. 잠
시 망설이던 혜나가 수박을 집어 오물거리며 먹었다. 동민이는
눈치코치, 염치도 없는 무동 할머니가 갑자기 좋아졌다. 혜나
할머니는 자꾸만 수박을 혜나 앞으로 밀었다.

오늘, 동민이는 방광이 빵 터질 때까지 기다리지 않아도 됐
다. 별채 화장실이 멀쩡하기도 했지만 혜나가 아빠 옆에서 조수
노릇을 하고 있기 때문이었다. 동민이는 별채 화장실을 놔두고
집 안에 있는 화장실에 들어가 느긋하게 볼 일을 봤다. 그리고
혜나 아빠가 개발했다는 CD로 게임도 실컷 했다. 동민이 눈길
이 장식장에 머물렀다. 장식장 한켠에 지난봄에 했던 비누조각
이 자리를 차지하고 있었다. 비누조각은 학교에서 봤던 그대로
움푹 파인 채였다. 혜나 부모님이 그냥 거기 그대로 있었다. 하
지만 동민이는 더 이상 걱정하지 않기로 했다. 언젠가는 밑든

곱든 완성될 날이 있을 거라는 믿음이 생겼기 때문이다.

◢

　세상 사람들이 남의 아픔이나 슬픔 따위에 전혀 관심이 없다는 말은 취소다. 세상은 항상 그대로다. 잠시 내 마음이 세상을 향해 문을 닫았던 것뿐이다. 아파서, 너무 아파서 그럴 수밖에 없었다. 하지만 이제 더는 안 하기로 했다. 남을 미워하는 일은 야금야금 자신을 병들게 한다는 걸 알아버렸기 때문이다. 그게 엄마여서 더욱 그랬다.

　그나저나 동민이랑 말을 제대로 터야겠는데 언제가 좋을지 모르겠다. 주변만 빙빙 도는 촌스러운 저 녀석이 먼저 말을 붙여 올 리 없으니 적당한 때 내가 나서야겠다. 언제쯤이 좋을까? 나는 그 적당한 때가 오늘이길 바랐다.

문제는 타이밍이야!

"같이 갈 거지?"

"밴드도 뻔하고, 입고 갈 옷도 마땅치 않고…….'"

"야, 이건 안 돼!"

"알지, 기영이 오빠랑 커플티랬잖아."

언니가 침대에 걸쳐 둔 검정색 후드티를 손으로 쓸었다. 나는 그렇게 염치없는 동생은 아니라서 후드티에 머물러 있던 시선을 곱게 거둬들였다. 하지만 이건 황금 같은 기회였다. 이 기회를 놓치면 다시는, 아니 영영 저 옷을 입어 볼 기회는 없을 것이다.

"오늘도 기영이 오빠 팬클럽 오겠지?"

나는 밑밥을 슬쩍 던졌다.

"휴, 그러겠지. 웬수같은 기집애들……."

바로 입질이 왔다.

"오늘 딱 한 번이다."

아싸, 낚시 성공이다. 언니가 마지못해 후드티를 건넸다. 처음 후드티를 본 순간부터 얼마나 머리를 굴리고, 공을 들였는지 모른다. 그러니 나는 충분히 손맛을 즐길 자격이 있는 강태공이었다. 그것이 기영이 오빠와의 커플티라고 해도 말이다. 평소 언니는 늘 자기 옷에 손도 못 대게 했다. 그러면서 내 옷은 자기 옷처럼 아무 때나 가져다 입었다. 그런 언니를 낚아야하니 머리를 굴리지 않을 수 없는 거다. 나는 가장 최선의 방법을 생각하고 또 생각했다. 그리고 마침내 오늘 아침에 천금 같은 기회가 온 것이다. 역시 공들인 보람이 있었다. 후드티는 손맛이 그만이었다. 나는 이 기분을 오래도록 만끽하려고 방을 나와 주방으로 향했다. 느긋하게 오렌지 주스라도 마시며 자축하고 싶었기 때문이다. 그런데 거실을 가로질러 막 주방으로 향하는 내 눈에 아빠가 들어왔다. 아빠는 현관에서 엉거주춤한 자세로 신발을 신는 중이었다. 아빠 등에는 배드민턴 가방이 중대한 음모라도 꾸미는 것처럼 들러붙어 있었다.

"시원아, 아빠 일등 먹고 올게. 엄마 부탁해."

아빠가 낮게 속삭였다. 아빠는 불안한 눈빛으로 안방의 동정을 살피고 있었다.

"뭐야, 또 대회 나가?"

"진즉에 잡힌 대회란 말이야."

아빠는 살그머니 현관문을 열고 나가 황급히 엘리베이터 단추를 눌렀다. 나는 닫히려는 현관문을 간신히 붙잡았다. 그리고 우리만의 '띠다뽀뽀' 한 방을 아빠에게 날려 보냈다. 아빠와 내가 파이팅을 외칠 때 쓰는 세리머니였다. 아빠는 답례 뽀뽀를 힘껏 날리더니 내 머리를 마구 휘저어 놓고는 엘리베이터 속으로 사라졌다. 나는 현관문을 조심스럽게 닫고 돌아섰다. 그러다 하마터면 어렵게 획득한 후드티를 떨어뜨릴 뻔했다. 엄마와 눈이 딱 마주쳤다. 엄마는 거실 한 가운데 장승처럼 우뚝 서 있었다. 고개를 똑바로 들고, 눈을 크게 부라리며 옆구리에 두 손을 척 올리고 있었다. 나는 어미닭을 잃은 병아리처럼 볼, 볼, 볼, 종종걸음을 쳐 방으로 되돌아왔다. 언니가 그런 나를 뜨악한 얼굴로 쳐다봤다. 곧이어 엄마의 폭풍 잔소리가 시작됐다. 도무지 가족이란 족속들이 휴일마저 제대로 얼굴을 볼 수 없다는 것이 잔소리의 주된 이유였다. 시간이 지날수록 엄마는 흥분했고 언니는 보이지 않는 몸부림을 치기 시작했다. 언니의 몸부림은 기영이 오빠를 향한 무언의 몸짓이었다. 더 이상 견디지 못한 언니가 엄마를 진정시킬 비장의 무기를 꺼내 들었다. 바로 자신의 성적표와 아빠의 비상금이었다. 예상대로 언니의 성적을 확인한 엄마의 표정이 밝아졌고, 아빠의 비상금은 웃음까지 되찾게 했다.

집을 나선 언니가 문화센터를 향해 달리기 시작했다. 문화
센터에서 주관하는 '청소년 페스티벌' 시간이 한참 지나 있었
기 때문이다. 아니 더 정확히는 자신의 사랑을 위해 돌진하고
있다고 해야 옳았다. 나는 헉헉대며 언니 뒤를 쫓았다. 언니는
한치의 망설임도 없이 무대 쪽을 향해 뛰었다. 벌써 문화센터
앞마당은 흥거운 랩 속에 빠져들고 있었다. 기영이 오빠가 속
사포 같은 랩을 쏟아내는 중이었다. 랩이 끝나자 때맞춰 뒤에
포진한 악기들이 일제히 자기 목소리를 내기 시작했다. 음악에
몸을 맡긴 기영이 오빠는 금세 비보이로 변신했다. 평소의 껄
렁한 모습은 찾아볼 수 없었다.

"야, 너 때문에 망했잖아!"

무대 앞쪽에 자리를 잡은 언니가 앙칼지게 나를 쏘아봤다.
'별안간 또 뭔 소리래.' 숨을 고르던 나는 멀뚱히 언니를 쳐다
봤다. 하지만 언니는 내가 아니라 내 어깨너머를 노려보고 있
었다. 거기에는 한무리의 여자애들이 피켓을 흔들며 "이기영,
짱~ 오리온 짱~"을 외쳐대고 있었다.

"저거 안 보여?"

언니가 검정 후드티를 입은 기영이 오빠를 가리켰다. 하지만
눈은 여전히 여자애들에게 꽂혀 있었다.

"옷 벗어, 지금 당장 바꿔 입자고!"

"무슨 소리야? 입으라고 한 건 언니였어."

하지만 소용없었다. 나는 언니 손에 잡혀 화장실로 끌려갔다. 화장실 칸막이 위로 옷이 휙 넘어왔다. 레이스가 잔뜩 달린 블라우스였다. '치사한 문어름!' 웅얼웅얼 속엣 말을 하고, 느릿느릿 검정 후드티를 벗어 언니에게 넘겼다. 하지만 낭패였다. 레이스가 달린 블라우스는 힙합 스타일 청바지와는 완벽히 남남이었다. 나는 순식간에 패션 테러리스트가 돼버렸다. 그때 밖에서 요란한 노크 소리가 났다. 세 칸인 화장실을 언니와 내가 두 칸을 차지하고 있었기 때문이었다. 화장실을 나오자 따가운 눈총이 쏟아졌다. 서둘러 화장실을 빠져나왔다. 나는 '미쳐, 언니면 다야?' 투덜댔지만 별 소용없는 짓이었다. 언니는 벌써 무대를 향해 돌진하고 있었다. 나 따위는 안중에도 없는 듯 했다. 짧은 치마에 검정 후드티가 그럭저럭 어울려보였다. 나는 터덜터덜 걸어 아까 섰던 자리로 돌아왔다. 그사이 기영이 오빠 무대는 끝나 있었다.

"오빠, 짱!"

언니가 무대를 내려오는 오빠를 향해 허리를 비틀었다. 코맹맹이 소리는 덤이었다. 언니의 엄지손가락이 척 올라갔다.

"내가 힙합계의 신동이잖아, 신동!"

"완전, 인정!"

기영이 오빠는 기분이 좋아보였다. 흥분을 감출수가 없는 모양이었다. 온몸을 굴려 언니 앞에서 텀블링을 했다. 어쩌면 그것은 언니의 코맹맹이 소리에 대한 답례이지도 몰랐다. 그 모습을 본 언니가 손뼉을 치며 까르르 웃음을 터트렸다. 하지만 눈은 여전히 피켓 든 여자애들에게 가 있었다. 분명히 그래 보였다.

"여름아, 목마르다."

오빠가 옷소매로 땀을 찍어내며 말했다. 언니는 마치 그 말을 기다렸다는 듯 길 건너 편의점을 향해 쏜살같이 내달렸다. 그때 우리 쪽으로 피켓을 든 여자애들이 우르르 몰려왔다. 커다란 꽃다발을 든 여자애가 기영이 오빠 앞으로 성큼 다가섰다.

"우린 오빠 팬클럽 오리온이야. 나는 회장 오해영이고 여기 모인 애들은 회원들이야. 앞으로 우리 활동 기대해. 이기영 가는 곳이라면 오리온과 오해영이 어디든 함께 할 거니까."

기영이 오빠가 어리둥절할 거란 생각은 내 착각이었다. 오빠는 헤실헤실 헤픈 웃음을 흘렸다. 오른손을 척 들어 오해영에게 악수를 청했다. 오해영이 오빠의 손을 마주 잡았다. 나는 편의점 쪽을 흘깃거렸다. 언니가 이제 막 신호를 받고 선 차 사이를 지그재그로 빠져나오고 있었다. 나는 그런 언니가 조마조마했다.

"오빠, 여기 물!"

여자애들을 뚫고 언니가 물병을 내밀었다. 기영이 오빠가 그

제서야 오해영에게서 손을 뺐다. 그 짧은 순간 언니는 여자애들을 쏘아보며 '뭐야 너들'하는 얼굴을 했다. 오해영의 무리가 그런 언니를 짧게 일별했다. 오해영은 물론 여자애들까지 모두 언니를 아는 눈치였다. 하지만 그 애들은 언니를 아랑곳 하지 않았다. 아랑곳은커녕 한참을 그렇게 왁자하게 자신들의 존재를 드러냈다. 그런 뒤 오빠에게 다음 공연은 언제냐고 친절하게 물었다. 따뜻하고 진심이 담긴 오빠의 대답을 들은 후에야 그들은 총총히 사라졌다. 언니는 멀어져가는 오해영의 뒷모습을 눈이 째지게 째려봤다. 물을 마신 오빠가 얼른 언니의 팔짱을 꼈다.

"시원아, 여기 사진 좀."

오빠가 핸드폰 카메라를 건넸다. 나는 엉겁결에 핸드폰을 받아들고 카메라를 누르기 시작했다. 오빠는 카메라를 향해 연신 벙싯댔다. 하지만 언니는 떨떠름한 표정을 쉬 풀지 않았다. 나는 속으로 고소했다. 그까짓 옷 좀 가지고 입으랬다 벗으랬다 난리를 치더니 쌤통이었다. 얄미운 마음에 마구마구 셔터를 눌러줬다. 그리고 이제 적당히 빠질 차례였다. 여기서 더 있다가는 눈총받기 십상이었다. 치고 빠지기에 딱 알맞은 타이밍이었다. 나는 문화센터를 나와 집을 향해 걸었다. 호수공원을 낀 산책길은 열기가 빠져 시원했다. 하지만 어딘지 좀 밍밍한 느낌이 없지 않았다.

다음날 아침, 나는 침대가 쿨렁하도록 돌아누웠다. 일요일 아침의 아늑함이 온몸에 감겨왔다. 이불 속에서 팔다리를 한껏 늘려 기지개를 켰다.

"이제 할 게 없어서 음주운전이야!"

엄마 목소리가 날카로웠다. 쭉 펴고 있던 팔다리가 저절로 움츠러들었다. 나는 후다닥 일어나 슬며시 거실로 나왔다. 거실 한가운데 못쓰게 된 옷더미가 쌓여있었다. 모두 아빠가 배드민턴 칠 때 입는 옷들이었다. 줄이 끊기고 망가진 라켓이 처참했다. 그 옆에 가위가 입을 쩍 벌리고 있었다.

"잘못했어. 다시는 안 그럴게."

"필요 없어. 당신하고 이제 끝이야!"

아빠가 쩔쩔 맨 얼굴로 안방에서 쫓겨 나왔다.

"아빠, 어떻게 된 거야?"

나는 목소리를 낮추고 아빠 눈치를 살폈다. 죄인 같은 얼굴로 안방에서 나오던 아빠가 거실 한가운데 갑자기 우뚝 섰다.

"이게 뭐야!"

아빠 목소리에서 쇳소리가 났다. 푸르스름하게 질려있던 얼굴이 벌겋게 달아올랐다. 거실에 못 쓰게 된 채 널브러진 옷더미와 배드민턴 채를 발견한 것이다.

"당신 너무 한 거 아니야. 내가 아무리 잘못을 해도 그렇지, 그래도 이건 아니잖아."

"너무하긴 뭐가 너무해욧! 가벼운 접촉사고이기 망정이지 큰 사고라도 났으면 어쩔 뻔 했냐고. 이게 다 저놈의 배드민턴 때문이야. 허구헌날 배드민턴 친다고 술이나 퍼 마시고, 이제 그것도 모자라 음주운전까지 하고. 이게 말이 되냐고 말이. 벌금에 차 수리비에 그 뒷감당은 누가 할 거냐고, 누가 해."

분이 풀리지 않은 엄마가 쌓아뒀던 감정을 폭발시켰다. 마치 활화산이 우리집을 덮친 것 같았다. 까딱 잘못하다가는 잿더미로 변할 수 있는 일촉즉발의 상황이었다. 나는 베수비오 화산 폭발이 떠올라 부르르 떨었다. 폼페이란 도시를 한순간에 사라지게 한 베수비오 화산 폭발은 엄청난 양의 화산재와 화산암을 뿜어냈다. 이 폭발로 넓은 화염이 베수비오 산의 여러 곳에서 빛을 발했는데 그 빛은 대낮같았지만, 어두운 곳은 어떠한 밤보다 어둡고 두터웠다고 했다.

"나도 더 이상은 못 참아."

아빠가 현관문을 쾅 닫고 나가버렸다.

"적반하장도 유분수지……."

엄마도 안방 문을 힘껏 닫고 들어가 버렸다. 나는 쾅쾅 닫히는 현관문과 안방문을 멍하게 바라보았다. 그야말로 순식간에 일어난 일이었다. 그때 언니가 방에서 나왔다. 언니의 얼굴은 쾌청했다. 데이트라도 있는지 한껏 차려입고 있었다. 언니가 거실을 힐끗 봤다. '뭐야, 또 '하는 얼굴을 했지만 금세 관심 없다는 듯 서둘러 밖으로 나가버렸다.

"언니, 어디가?"

다급해진 내가 빤한 걸 물었다. 나는 세수는커녕 옷도 제대로 입지 못한 채 허겁지겁 언니를 따라나섰다.

"오늘은 또 뭐야?"

언니는 부부 싸움에 이골이 난 얼굴을 했다. 내가 빤한 걸 묻는 것만큼이나 언니 질문도 뻔했다.

"아빠가 음주운전 했대."

"이번 건 좀 센데?"

"오늘 집에 들어가지 말까?"

겁에 질려 내가 말했다. 언니가 코웃음을 쳤다. 하긴 무작정 집을 나와서 어딜 가겠는가? 답이 뻔한 질문이라 그런지 맥이 빠졌다.

아파트를 벗어나 한참을 걸었다. 언니가 자꾸만 핸드폰을 들여다봤다. 시계를 보는 건지, 전화를 기다리는 건지 알 수가 없었다. 호수공원을 돌자 문화센터가 눈앞에 다가왔다. 역시나 편의점 앞에 기영이 오빠가 있었다. 그런데 오빠는 혼자가 아니었다. 여자애들에게 둘러싸여 희희낙락 대고 있었다. 그 표현이 적격이었다. 그순간 희희낙락이란 표현보다 더 좋은 말이 떠오르지 않았다. 기영이 오빠가 헤프게 웃고 있었다. 마치 어릿광대 같았다. 거기에다 어울리지도 않게 분홍색 후드티를 입고 있었다. 오빠를 둘러싸고 있는 팬카페 '오리온' 회원들도 약속이나 한 듯 하나같이 짧은 치마에 분홍색 후드티를 받쳐 입고 있었다. 마치 홍학 무리 같았다. 오빠는 언니가 오는 것도 모르는 눈치였다.

"뭐야, 저 계집애들은?"

갑자기 언니가 여자애들을 향해 달려들었다. 나는 상황 파악이 안 됐다. 얼결에 언니를 따라 뛰었다. 언니가 어깨에 멘 가방을 벗었다. 그러더니 인정사정없이 팬클럽을 향해 뛰어들었다. 오빠를 동그랗게 에워싸고 있던 여자애들이 홍해가 갈라지듯 길을 냈다.

"애, 뭐니?"

재재거리던 여자애들 틈에서 오해영이 나타났다. 오해영은 얼굴 색 하나 변하지 않은 채 똑바로 언니를 쳐다봤다. 가지런한 단발머리가 도도해보였다. 순간 가방을 휘두르려던 언니가 주춤했다.

"나? 나 기영이 오빠 여친이다!"

잠시 멈칫하던 언니가 소리를 빽 질렀다. 오해영이 그런 언니와 기영이 오빠를 번갈아 쳐다봤다. 마치 이게 다 무슨 일이냐는 듯한 순진한 얼굴이었다. 오해영은 보통내기가 아닌 게 분명했다. 그때 기영이 오빠가 빠르게 언니 쪽으로 다가갔다. 오빠 얼굴에는 어느새 웃음기가 싹 걷혀 있었다.

"문여름, 너 오버하지 마."

오빠는 오해영이 아니라 언니를 말리고 나섰다. 언니가 얼어붙었다. 가방을 높이 든 채 아무 말도 못했다. 얼른 사태 파악이 안 되는 모양이었다. 그건 나도 마찬가지였다.

"야, 너도 알잖아. 내 팬클럽 오리온이야!"

어깨에 힘이 잔뜩 들어간 오빠가 필요 이상으로 결연한 얼굴을 했다.

"웃기시네. 지가 무슨 연예인이라고!"

"너, 말이 좀 심하다."

기영이 오빠가 얼굴을 확 구겼다. 싸늘하고 팽팽한 기운이 둘 사이에 흘렀다. 와, 순간 나는 정신이 번쩍났다. '고래 싸움에 새우등 터진다'더니 엄마랑 아빠도 모자라 이제 언니의 사랑싸움까지 보게 될 줄 미처 몰랐다. 이건 뭐, 혹 떼려왔다가 혹 하나를 더 붙인 꼴이었다. 한숨이 배꼽까지 내려오고 씻지도 않은 얼굴에 다크서클이 창연했다. 화창하기 그지없는 휴일 아침이었다.

아빠가 음주운전을 하고 며칠이 흘렀다. 그동안 아빠 차는 아파트 주차장에 다소곳이 모셔져 있었다. 음주운전으로 면허가 취소되는 바람에 운전을 하면 안 된다고 했다. 아침을 거른 채 버스정류장으로 가는 아빠의 뒷모습이 처량해 보였다. 엄마는 날마다 아빠보다 먼저 일어나 출근해버렸다. 언니랑 내가 먹을 밥만 달랑 해놓고 아빠 밥만 쏙 뺐다. 나는 아침마다 아빠 밥을 차렸다. 하지만 아빠는 입맛이 없다며 빈속으로 나가기 일쑤였다.

저만치 아빠가 가고 있었다. 오늘은 큰맘 먹고 아빠 뒤를 따라 나왔다.

"아빠, 같이 가."

나는 일부러 큰소리로 아빠를 불렀다. 아빠는 고개를 떨군 채 땅만 보고 걷고 있었다. 서류가방을 낀 어깨가 축 쳐져 보였다. 나는 그런 아빠를 따라잡기 위해 거의 뛰다시피 했다. 아빠를 붙잡고 쪽 소리 나게 띠다뽀뽀 한 방을 날렸다. 하지만 내 강력한 뽀뽀에도 아빠는 복구불능 상태였다. 아빠가 답례 뽀뽀를 생략한 것이다. 이런 일은 내 생전 처음이었다.

"아빠, 힘힘힘!"

나는 다시 한번 아빠를 향해 파이팅을 외쳤다. 하지만 아빠는 애꿎은 내 머리만 휘저어놓은 뒤 마침 도착한 버스에 몸을 실어버렸다.

"시원아, 거기 서."

그때 등 뒤에서 언니 목소리가 들려왔다. 웬일로 언니가 나를 향해 달려오고 있었다. 하지만 그 생각은 착각이었다. 언니는 막 바뀌려는 신호등을 발견하고 냅다 뛰는 중이었다. 마치 내가 신호등이라도 붙잡고 있는 것처럼 굴었다. 언니가 넘어질 듯 코앞으로 다가왔다. 요 며칠 새 언니는 겉늙어버렸다. 꼬질꼬질한 게 노숙자 저리 가라였다. 구겨진 운동화며 꼬깃꼬깃한 교복이 말이 아니었다. 참 안돼 보였다. 나는 속으로 혀를 끌끌 찼다.

"언니가 이렇게 일찍 웬일이야?"

같이 가자고 달려오던 에너지가 어디서 났을까 싶게 언니는 아무런 반응을 보이지 않았다. 숫제 멍해 보였다. 나는 일부러 톤을 높였다.

"참, 언니네 반은 요번 축제 때 어떤 춤추기로 했어?"

"축제는 무슨……. 그딴 거 귀찮아."

축제 때면 기를 쓰고 앞장서던 사람이 맞나 싶었다. 언니는 여태 기영이 오빠랑 냉전 중인 모양이었다. 밤새 하던 문자질도 뚝 끊긴 것 같고, 전화도 오지 않는 눈치였다.

"오빠가 사과는 했어?"

"묻지 마, 짜증나게 전화도 안 받고 문자도 씹어. 이기영, 다시 연락하기만 해 봐, 국물도 없을 테니까."

언니가 큰소리를 뻥 쳤다. 하지만 목소리엔 힘이 실리지 않았다. 역시 사랑은 쉽지 않은 게 확실했다. 언니는 진이 다 빠져 보였다. 그때 언니 핸드폰이 '벌레벌레벌레' 하고 울었다. 핸드폰 확인을 한 언니 입꼬리가 쭈욱 올라갔다.

"아싸, 이기영! 그럼 그렇지. 너는 내 손바닥에서 벗어날 수 없어. 아니 벗어나면 안 되지, 안 되고말고!"

아무래도 언니가 단기기억 상실증에 걸린 모양이다. 언니는 그새 자기가 한 말을 까맣게 잊은 듯 통화버튼을 꾹 눌렀다.

"오빠가 점심시간에 잠깐 보제."

통화를 끝낸 언니 얼굴에 금세 화색이 돌았다. 근래에 보기 드문 모습이었다. 전화한통이 요술을 부린 게 틀림없었다.

"엄마랑 아빠도 빨리 화해했으면 좋겠다. 언니가 신경 좀 써라."

"내가 왜?"

"왜긴, 왜야. 집안 분위기가 살얼음판이니까 그렇지."

"야, 나서지마. 그건 엄밀히 부부 문제라고!"

이번엔 안면몰수였다.

"난 관심 없어. 오늘부터 다시 춤 연습이나 해야겠다."

안면몰수도 모자라 딴청이었다. 거기에다 뭐? 축제 따위에 관심이 없다고? 도대체 이게 무슨 조화일까? 방금까지 세상의 짐이란 짐은 혼자 다 짊어진 것처럼 굴더니 어떻게 저럴 수 있단 말인가? 나는 기가 찼다.

"어이구, 문여름 잘났다 잘났어. 이 무한 이기주의자야!"

나는 언니 뒤통수에 대고 쫑알댔다. 언니는 불이 바뀐 횡단보도를 쌩하니 건너더니 학교가 보이는 골목을 향해 휑하니 달려가 버렸다. 밉상, 밉상 저런 밉상이 없었다. 나는 눈을 하얗게 흘겼다. 그랬더니 눈이 따끔거렸다. 예고도 없이 눈물이 나오려고 했다. 코끝까지 시큰해 왔다. 주책맞기 그지없었다. 발걸음이 천근만근이었다. 터덜터덜 걸어 골목길로 접어들었다. 학교가 저만치 보였다. 그런데 세상은 아무 일 없다는 듯이 잘만 굴러가고 있었다. 한길에 있는 세탁소도, 학교 앞 문구점도 평소와 다름이 없이 문을 활짝 열고 하루를 시작하는 중이었다. 우리 식구만 불행했다. 아니 언니를 제외한 식구들만 불행의 구렁텅이에서 허우적대는 중이었다. 거기에다 나는 무슨 죄란 말인가? 그저 엄마 아빠의 딸로, 언니의 동생으로 태어난 게 죄라면 죄였다. 마치 세상에 홀로 인 듯 적막했다. 나는 웃고 있어도 눈물이 날 것처럼 쓸쓸했다.

저녁밥을 먹고 있는데 아빠가 돌아왔다. 아빠는 여전히 버스로 출퇴근을 했다. 방정맞게도 언니 말이 적중했다. 요전 일이 쌔도 너무 쎈 건지, 화해의 조짐이 전혀 보이지 않았다. 사안이 사안인 만큼 쉬이 해결될 것 같지 않았다. 거기에다 엄마는 한술 더 떴다. 며칠 전부터 아빠 차로 출퇴근을 하기 시작했다. 이유인즉 차는 오래 세워두는 게 아니라는 것이었다.

아빠가 식탁 옆으로 왔다. 걸음걸이가 뻣뻣했다. 엄마가 갑자기 부지런히 숟가락질을 했다. 방금 전까지 밥을 깨작거리던 엄마가 아니었다. 식탁 분위기가 야리꾸리해졌다. 나는 안절부절못했다. 아빠에게 앉으라고 하고 싶었지만 입이 떨어지지 않았다. 언니는 집안일에는 아무 관심도 없다는 듯 귀에 이어폰을 끼고 있었다. 리듬을 맞추는지 고개까지 까닥거렸다.

"이거 이혼 서류야."

아빠가 준비한 폭탄을 투하했다.

"내일까지 도장 찍어서 줘."

아빠가 식탁 끝에 봉투 하나를 던졌다. 나는 가슴이 움찔했다. 씩씩한 척 밥을 먹던 엄마가 탁 소리 나게 숟가락을 내려놓았다. 그러고는 보란 듯이 거실로 향했다.

"서류는 나도 있어."

엄마가 서랍장에서 종이 한 장을 꺼내 왔다.

"당신이 여기다 도장 찍어."

나는 이어폰 줄을 슬그머니 잡아당겼다. 언니의 어깨 참으로 이어폰이 툭 떨어졌다. 언니가 나를 확 째려봤다. 내 시선을 따라 오던 언니의 눈이 두 장의 이혼 서류에 콕 박혔다. 그런데 서류를 확인한 언니가 픽 웃었다. 사태의 심각성을 알아차렸음에도 불구하고 아무 일도 아니라는 듯 일어났다. 두 장의 이혼 서류가 식탁 끝에 아슬아슬하게 걸쳐져 있었다. 엄마와 아빠를 번갈아 쳐다보던 언니가 보란듯이 서류를 집어 들었다. 그러고는 서류를 부욱하고 찢어버렸다. 순간 내 엉덩이가 의자에서 떨어졌다.

"두분 다 그만 좀 하세요."

언니가 톡 쏘았다.

"어른들이 유치하게……."

놀란 내가 언니 입을 막았다.

"유치원 애들도 이렇게는 안 싸워요."

언니가 내 손을 뿌리치며 기어이 할 말을 다 했다. 그러고는 아무짝에도 쓸모없게 된 이혼 서류를, 한치의 망설임도 없이 쓰레기통에 넣어버렸다. 언니는 할 일을 다 해 시원하다는 듯 손을 털더니 자리에 앉아 나머지 밥을 먹어 치웠다. 나는 어리뻥한 얼굴로 엄마와 아빠의 눈치를 살폈다. 어, 그런데 두 사람의 표정이 이상했다. '진짜 다행이야, 다행. 그럼 다행이고말고!'하는 듯 안도의 빛이 떠올랐다. 그러자 이번엔 또 내 마음이 이상해졌다. 갈팡질팡하다 못해 야리하기 짝이 없는 느낌이 스멀스멀 올라왔다. 옆구리 어디쯤이 가려워서 긁었는데, 긁어도, 긁어도 시원치 않은 그런 느낌이었다. 그러니까 웃기에는 좀 그렇고, 그렇다고 울기에는 좀 더 애매한 아리까리한 상황이 연출되고 있었다.

"시원아, 일어나."

나는 엉거주춤 일어섰다. 언니는 마치 할 일을 다한 아이처럼 굴었다. 거실을 지나 현관문을 열고 밖으로 나갔다. 나는 허둥지둥 언니 뒤를 따라나섰다.

"어디 가는데?"

"첫사랑도 못해 본 중1은 몰라도 된다."

언니가 콧방귀를 뀌었다. 나는 못 들은 척 언니 꽁무니에 붙었다. 언니도 못 이긴 척 더 이상 말리지 않았다.

언니는 지금 끝나버린 네 번째 첫사랑에 목하 애도 중이란다. 그러니까 떠나간 사랑에 슬픔으로 예의를 표하는 중이란 뜻이다. 언니는 자신의 사랑을 떠나보낼 때마다 애틋함에 몸부림쳤다. 아프고 힘든 시간을 견디는 중이었다. 사랑은 시작보다 끝이 훨씬 중요한 법이라고 언젠가 언니가 말했다.

그러니까 내 속을 확 뒤집어 놓았던 날, 아침에 받은 기영이 오빠의 전화는 헤어지자는 말을 하기 위한 전초전이었다. 헤어지자는 말에 언니는 또 쿨하게 그러자고 했단다. 믿거나 말거나지만 말이다.

언니가 노란 가로등 밑을 지나고 있을 때였다. 나는 슬며시 언니 팔짱을 꼈다. 그리고 더 이상 참을 수가 없어서 이렇게 물었다.

"언니, 첫사랑은 태어나서 처음 하는 사랑이잖아?"

"맞아."

"근데 기영이 오빠랑 왜 첫사랑이래, 그것도 네 번째 첫사랑?"

"하여튼 너랑은 수준이 안 맞아 못해 먹겠다."

언니가 '네가 사랑을 알기나 해'하는 얼굴로 나를 쳐다봤다. 치, 두 살 차이가 벼슬이라도 되는지 뻑하면 잘난 척이다. 하긴 사랑에 있어서 만큼은 언니가 한 수 위다. 그러니 치사해도 인정할 수밖에 없다. 나는 언니 얼굴을 빤히 쳐다봤다.

"언젠가 책에서 읽었는데 세상의 모든 사랑은 첫사랑이래. 왜냐하면 말이지, 같은 사람하고 두 번 다시 사랑하는 사람은 없으니까 모든 사랑이 첫사랑이란 거지. 너무 멋있지 않냐? 그 래서 나도 내 사랑에 써 먹기로 했다. 됐냐, 이 동생아?"

나는 고개를 끄덕였다. 언니와 보조를 맞추려고 종종 걸음을 쳤다. 언니가 속도를 줄이더니 이어폰 하나를 내 귀에 꽂아 주었다. 엠피쓰리에서는 크라이슬러의 〈사랑의 슬픔〉이 흐르고 있었다. 순간 언니가 엄청 멋져보였다. 유행가만 내처 듣던 언니가 이렇게 결이 고운 음악을 들어서가 아니었다. 나는 처음으로 언니에게서 여인의 향기를 맡은 듯했다. 동시에 사랑을 떠나보낸 자의 애틋함이 느껴져 잠시 숙연해졌다. 네 번째 첫 사랑을 막 끝낸 언니의 눈이 조금 깊어진 듯도 했다. 뭔지 확실 치 않았지만 왠지 알 것도 같았다. 벌써 '사랑의 옹이'가 네 개 나 생긴 언니가 아닌가. 그러니 마음만은 어른이라고 할 수 있을지도 몰랐다. 나는 언니에게 몸을 조금 더 밀착했다. 아픔으로 끝나버린 네 번째 첫사랑과, 엄마와 아빠의 뜻하지 않는 전쟁이 가져다 준 뜻밖의 선물인 셈이었다. 나는 오랜만에 호수 공원 산책길을 느긋하게 걸었다.

어느새 문화센터 앞이었다. 불이 훤히 밝혀진 편의점이 눈에 들어왔다. 나는 순간 내 눈을 의심하지 않을 수 없었다. 기영이 오빠와 오해영이 다정히 편의점에서 걸어 나왔다. 정신이 번쩍 들었다. 나는 팔짱을 풀고 언니의 어깨를 감싸 안았다. 언니가 무슨 짓이야 하는 얼굴로 나를 봤다. 그러거나 말거나 나는 언니 등을 돌려세웠다. 기영이 오빠와 오해영은 아이스크림 포장지 껍질을 벗기며 깔깔대고 있었다. 아이스크림을 한입 베어 문 기영이 오빠는 무척 행복해 보였다. 둘은 영락없이 이제 막 사랑에 빠진 연인들이었다. 그 둘만의 세계에 완전히 몰입해 있었다. 나는 그 모습을 언니에게 보이고 싶지 않았다. 보호막을 필요했다. 나는 언니의 등을 감싼 채 종종걸음을 쳤다. 갑작스런 백허그에 언니가 왜 그러냐며 몸을 틀었다. 그 순간 밴드 발표회 때 물을 사려고 아슬아슬하게 찻길을 건너던 언니 모습이 오버랩 되었다.

가슴 어디께로 찌르르한 통증이 지나갔다. 언니는 계집애 별일이라고 하면서도 내가 가는 데로 따라 걸었다. 그나마 다행이었다. 저 기막힌 장면을 언니가 봤다면 또 얼마나 깊은 실연의 늪에 빠져 허우적대겠는가 말이다. 그건 쓰리고 아픈 상처에 소금을 뿌리는 것과 같았다. 우리는 왔던 길을 되짚어 집으로

향했다. 가을이 깊어지고 있었다. 보도에 떨어진 무수한 은행
잎이 발치에 채였다. 아파트 앞 가로등이 홀로 외로워 보였다.

아파트 입구에 도착했다. 언니가 엘리베이터를 눌렀다. 우리
는 몇 초 만에 집 앞에 당도했다. 언니가 거침없이 현관문을 밀
고 들어갔다. 그러다 언니가 갑자기 우뚝 멈춰 섰다. 아무래도
낌새가 수상했다. 나는 까치발을 한 채 언니의 어깨 너머를 살
폈다. 세상에, 나는 내 눈을 의심했다. 거실에 별천지가 펼쳐지
고 있었다. 엄마와 아빠가 춤을 추고 있었다. 서로 몸을 한껏
밀착한 채였다. 아빠 품에 안긴 엄마는 보이지도 않았다. 평소
에는 켜지도 않던 불그스레한 조명등 불빛 아래서, 듣도 보도
못한 노래에 맞춰 흐느적대고 있었다. 집 안 가득 느끼한 노래
가 떠돌았다. 그런데 이상한 건 엄마였다. 아까까지 고슴도치
처럼 날서있던 엄마가 웬일인가 싶었다. 자기 취향이 전혀 아
닌 이상한 노래에 몸을 맡기고 있다니 말도 안 됐다.

언니가 돌아섰다. 급하게 나를 밖으로 밀어냈다. 언니는 슬
며시 미소를 띠고 있었다. 나는 언니가 잠깐 미친 게 아닐까하
는 생각이 들었다. 나는 언니에게 떠밀려 돌아섰다. 그러다 못
볼 것을 보고야 말았다. 거실 한편에 장미꽃과 레이스가 풍성
한 속옷이 상자 밖으로 삐죽이 나와 있었다. 아빠의 대단한 안
목이었다. 우리를 발견한 아빠가 손을 까딱거렸다. 나가라는
무언의 손짓이었다. 내 뽀뽀도 소용없던 아빠가 이제 꺼져주

라고 한 것이다. 날 제일 사랑한다더니 믿은 도끼에 발등이 찍혔다. 이제 보니 더더욱 확실해졌다. 그러니까 아빠에게는 엄마가 일 순위였던 것이다. 어쨌든 나는 더 이상 버티지 못하고 언니에게 떠밀려 밖으로 나왔다. 엘리베이터에서 내린 우리는 화단 벤치를 찾아 앉았다.

"언니, 엄마랑 아빠 이혼하는 거 아니었어?

"이래서 너는 안 돼!"

"뭐가?"

언니가 내 머리통을 쥐어박았다.

"엄마랑 아빠가 이혼할 생각이면 저렇게 생 쇼를 하겠냐, 생 쇼를! 동생아, 문제는 타이밍이란다, 타이밍. 네가 어찌 봉황의 뜻을 알겠니?"

그러니까 내 말이. 나는 언니가 잠깐 존경스러워지려고 했다. 사랑에도 적당한 타이밍이 필요한 게 분명했다. 언니와 나는 집으로 들어갈 적당한 타이밍을 찾으려고 촉각을 곤두세우기 시작했다.

작가의 말

아이들이 초등학생 때였다. 운동장에 햇살이 그득했다. 당연했다. 그날은 봄 운동회 날이었다. 넓은 운동장에 봄 햇살만큼 아이들도 가득했다. 그런 운동장 한편에 서서 나는 문득 이런 생각에 빠져들었다. '티 없어 보이는 저 애들에게도 삶의 무게가 있을까?' 물론 물음만큼 답도 뻔했다. 그럼에도 나는 그 물음에 매달렸다. 그리고 그 뻔한 대답은 이랬다. '밤톨만한 아이들도 각자의 삶을 짊어지고 있다.' 그 물음과 답을 곱씹고 있는 내 주변으로 봄 햇살이 눈부시게 쏟아져 내렸다. 그 햇살 속에서 나는 다짐했다. 성장이라는 나이테를 만들어가는 아이들에게 사랑의 무늬를 넣어주기로.

여기 실린 여섯 편의 단편들은 모두 그런 아이들의 이야기이다. 누군가는 첫사랑에 가슴 설레고, 또 누군가는 가슴 아프기도 한다. 그러니까 주변에 있을 법한, 첫사랑에 빠지고 누군가의 첫사랑을 지켜보며 성장하는 아이들의 이야기를 만들었다. 나는 어쩌면 아이들 속에 들어 있는 첫사랑의 순수함과 그 원형을, 그리고 그 파문을 엿보고 싶었던 듯도 하다. 그래서 톡톡 튀는 아이들을 그렸고 그들이 사랑만큼 성장하는 것을 지켜보았다는 게 맞는 말일 것이다.

이번에 책을 내면서 느끼는 감정이 첫사랑과 흡사했다. 새로 시작한 원고에 대한 설렘과 기분 좋은 두근거림, 마침표를 찍었을 때의 미진함과 섭섭함이 첫사랑과 닮아 있었다. 동시에 첫사랑을 떠나보내고 느끼는 짜릿한 고통도 함께 맛보았다. 이제 또 다른 사랑을 시작할 시간이다.

책이 나올 수 있도록 애써주신 실천문학 박성아 편집자와 격려 아끼지 않은 이화경 교수님께 감사의 말을 전한다. 그리고 끝없이 지지를 보내 준 js님께도 이 자리를 빌어서 고맙다는 말을 전하고 싶다.

2015년 정해윤

문제는 타이밍이야!

2015년 10월 30일 1판 1쇄 찍음
2015년 11월 06일 1판 1쇄 펴냄

지은이 정해윤
펴낸이 김남일
편집 이호석, 박성아, 이승한
디자인 김현주
관리 영업 김태일, 채경민
펴낸곳 (주)실천문학
등록 10-1221호(1995.10.26)
주소 서울특별시 마포구 월드컵로10길 48 501호(서교동, 동궁빌딩)
전화 322-2161~5
팩스 322-2166
홈페이지 www.silcheon.com

ISBN 978-89-392-0741-7 03810

이 도서의 국립중앙도서관 출판시도서목록(CIP)은 e-CIP홈페이지(http://www.nl.go.kr/ecip)와
국가자료공동목록시스템(http://www.nl.go.kr/kolisnet)에서 이용하실 수 있습니다.
(CIP제어번호:CIP2015027888)